北部湾名人系列之二

虎将 刘永福

HUJIANG
LIUYONGFU

谢凤芹 /著
XIEFENGQIN

U0742288

中国出版集团
现代出版社

图书在版编目（CIP）数据

虎将刘永福 / 谢凤芹著 . -- 北京 ：现代出版社，
2017.7

ISBN 978-7-5143-6307-4

Ⅰ．①虎… Ⅱ．①谢… Ⅲ．①传记文学－中国－当代
Ⅳ．①I25

中国版本图书馆 CIP 数据核字（2017）第 174598 号

虎将刘永福

作　　者	谢凤芹
责任编辑	李　鹏
出版发行	现代出版社
地　　址	北京市安定门外安华里504号
邮政编码	100011
电　　话	010-64267325　010-64245264（兼传真）
网　　址	www.1980xd.com
电子邮箱	xiandai@vip.sina.com
印　　刷	北京一鑫印务有限责任公司
开　　本	710×1000　1/16
印　　张	14
字　　数	162千
版　　次	2019年11月第1版　2022年7月第2次印刷
书　　号	ISBN 978-7-5143-6307-4
定　　价	49.00元

重印前言

2019年9月下旬，我参加一个读书分享会，按流程，我得带50本《虎将刘永福》参会与读者分享，但由于我2017年7月第一次出版的书，早已经销售告罄，为了不影响活动，我只好自掏腰包请求市博物馆支持50本，结果只拿到28本。

这事让我萌生了要重印整个北部湾名人系列的念头，经与文化策划公司会商，这事敲定下来。

创作北部湾名人系列，是我人生的一大挑战，战战兢兢地完成了《国柱冯子材》《虎将刘永福》《大儒冯敏昌》《上将黄明堂》（还有《粤王陈济棠》《陈铭枢传奇》还没完成）后，出乎我的意料，前三部作品都受到了读者的欢迎，《国柱冯子材》在中国报告文学发表后，还被湖北《特别关注》转载，并获得第三届中国报告文学"石膏山"杯全国征文大赛提名奖，《上将黄明堂》虽然是第一次出版，但已经有多个单位和个人要求加印，这给了我莫大的鼓舞。

在文学作品食之无味，弃之又可惜的当下，还有人喜欢我的作品，我感到莫大的欣慰，同时也心怀感激。

感谢这些传主的忠勇为国，文治武功，是他们的事迹让我有了机会和他们相遇，重现他们的壮怀激烈，锦绣文章。

《北部湾名人系列》既然是写这方水土的人和事，自然要接受这方水土的乡党检验，这几部作品受欢迎，不是我写得多么精彩，而是我沾了传主之光。

我希望有更多的人帮我挑错，让作品逐步成长。

英雄永远是城市品格的图腾，文化永远是城市灵魂的坐标，北部湾地区因了英雄而筋骨强健，因有文化名人而受世人敬重，有理由相信，英雄不会过时，文化不会枯竭，这正是一代代北部湾人坚守的精神家园。

高举爱国主义旗帜

——序《虎将刘永福》

十九世纪八九十年代，钦州出现了两个彪柄史册的民族英雄——冯子材和刘永福，他们以抵御外敌为己任，相互支持，同仇敌忾，取得了震惊中外的镇南关大捷、谅山大捷、临洮大捷。

战后，冯子材以80多岁高龄还驰骋在北部湾广大地区，保家卫国，不让侵略者有可乘之机。

刘永福既抗法又抗日。1894年9月3日，他奉旨帮办台湾军务，正在台南紧张驻防之际，腐败的清朝政府却于1895年4月17日签订卖国的《马关条约》，割让台湾给日本，驻台大小文武百官仓皇内渡，在台湾孤立无援的危难时刻，他第一个站出来："誓与台湾共存亡。"他三次拒绝担任台湾民主国总统，成为坚持反对台独的先驱。

他率领黑旗军和台湾义军与日军展开了残酷的拉锯战，历经新竹之战、大甲溪争夺战、八卦山会战、曾文溪阻击战、安平炮台之战、打狗港之战，从中台湾战到南台湾，毙敌伤敌30000多人，给予日军沉重的打击，谱写了一寸河山一寸血的壮烈诗篇。最后因弹尽粮绝，后援无望，在日军重重围追堵查下悲愤内渡。刘永福的崇高气节和爱国精神永照春秋。

刘永福、冯子材都是真正的爱国者。他们的历史功绩，无论是与同时代的人还是与其他古代民族英雄相比，都毫不逊色。

这种爱国情怀深植于每个中华民族的优秀子孙身上，他们一代又一代地为了国家民族独立富强抛头颅，洒热血，用自己的忠诚书写对国家民族的大爱之情，正如刘永福在临终遗嘱所写："予心惕惕，终不以官爵为荣，只知捍卫社稷，不使外洋欺我中国为责任。此身虽老，热血常存。现今国事日危，外强虎视，若中政府不早定大计，任选贤将，练兵筹饷，振起纲维，各省督军不知和衷共济，竭力为国，以救危亡，因循坐误，内乱交作，蛮夷野性，必乘机入寇，割据瓜分，亡国奴隶，知所不免。吾今已矣，行将就木，恨不能起而再统师干，削平丑类，以强祖国。儿曹均已成立，各宜发奋为雄，抱定强种主义，投军报效，以竟予未了之志。倘为国用，自宜竭力驰驱，不惜以铁血铸山河，强大种族，以期臻于五大洲最强美之国。"其临终遗嘱的铮铮铁骨，是他一生抗击外敌、绝不低头的最好写照。

拥有英雄的城市是值得自豪的城市。在一个城市的精神图谱上，英雄是最耀眼的标识；在一个城市的天空中，英雄就是最灿烂的太阳。珍惜英雄，就是珍视城市和民族的未来。

当前，中华民族正在全面崛起，在世界风云变幻的当下，在错综复习的伟大斗争中，既有实力与智慧的考验，更离不开意志与精神的较量。面对种种困难，我们需要更多不畏艰险、不惧失败的英雄挺身而出、披荆斩棘；需要更多有智慧、有担当的英雄引领带头、开辟新境。无论是应对远虑，还是化解近忧，都需要英雄精神，呼唤英雄。

要担当起时代赋予我们这一代的历史责任，必须高擎英雄的火炬，大力宣传英雄，敬仰英雄，崇尚英雄，追慕英雄，以英雄为榜样，实现中华民族的伟大复兴。

有英雄的城市是值得尊敬的城市，有英雄的民族是伟大的民族。

目录

引　子

　　1837年，爱新觉罗·旻宁（道光皇帝）在皇帝位置上已经坐了17年，这个生于清朝日益衰弱时势的晚清皇帝，为了挽救清朝大厦将倾，进行了极大的努力，大力整顿吏治，开通海运，严禁鸦片，清朝的命运像临终病人回光返照，显示出了一点亮光。但是，一个满身痼疾的临死病人，就算最高明的医生，也只能徒呼奈何。

　　清朝到了道光时期，也和进入末期的历朝历代一样，土地更加高度集中在皇室、大贵族、大官僚手中，农民无地少地的现象普遍存在，大批农民沦为佃农或是流民。农民暴动时常发生，其中规模最大的是白莲教起义，遍及川、陕、贵、滇等省区！阶级矛盾十分尖锐！

　　道光十七年九月十一日深夜（1837年10月10日），在离京万里的广东钦州防城司古森峒小峰乡一座瓦房的东厢房里，传来了一个婴孩嘹亮的哭声。

　　这哭声打破了静寂的山村，惊醒了栖息在树上鸟儿，它们欢快地发出了和声，村里的狗也跟着凑热闹，汪汪地吠个不停。

　　这孩子手脚并蹬，不停地"喔呵喔呵"哭着。

　　42岁的男主人刘以来手足无措地来回走动，不知道应该干些什么。

　　时序虽是秋天，但他全身都湿透了，脸上大颗的汗珠在一滴滴往

虎将
刘永福
HU JIANG
LIU YONG FU

地上掉。

床脚边，一个3岁的小男孩死死地扯着躺在床上的妇人，抹着眼泪喊："阿姆，抱我，抱我。"

妇人勉强坐了起来，安慰他说："李保哥乖，李保哥听话，你多了一个弟弟，你看，弟弟是不是长得很威水（帅的意思）。"

李保哥好奇地盯着床上的小人，懦懦地伸出小手勾了一下小人的手指，那小人突然停止了哭声，用尽力气抓着李保哥的手，小嘴裂了一条缝，微微上跷，好像笑的样子。

这两个小人的手就这样紧紧抓在了一起，或许这就是冥冥中老天的安排，预示着两人在今后的日子里相依为命。

妇人看到这一幕，流出了喜悦的眼泪，对刘以来说："当家的，保哥有兄弟了。"

刘以来听了妇人的话，搓着两只大手趋到床边，第一次看清了自己的儿子：只见小人额头窄窄，脸儿尖尖，长了个马骝相，内心感觉很失落。

刘以来认为，只有天庭饱满，地角丰圆才是大富大贵之相，这儿子，看来今后也和自己一样，一生穷苦命。

妇人可没有想得这么多，作为一个二婚女嫁给了红花郎刘以来，能为刘家生下传宗接代的儿子，她已经完成任务，无愧于刘家。

她看着刘以来皱着眉头，试探地问："这孩子跟李保哥排行，叫刘二？"

刘以来回答："好的，就叫刘二。长大再给他起个好名。"

第一章　赤贫之家

刘以来原是广西博白县人，祖上世居博白县菱角圩金村，属于有田产的富裕户，到了曾祖父刘邦保、祖父刘应豪两代，农耕还能维持体面的生活。

但随着土地被巧取豪夺，刘应豪夫妇过世后，刘以来和弟弟刘以定左支右拙，在温饱线上挣扎了七八年，由于命运不济，成了无产阶级，在博白县待不下了。

听人传说，广东钦州好做食，两兄弟初生牛犊不怕虎，变卖了农具，锅碗，在亲戚的帮助下，筹集了盘缠，开始了第一次逃难。

他们经过一个月的长途跋涉，最后定居在钦州防城司古森峒小峰乡。

初到小峰乡，怕村人排挤，兄弟两人在村边山岗上依山搭了一个小茅房，小峰乡树木多，毛竹多，两兄弟斩木架梁，修竹作桷子，用茅草盖房顶，一间简单的茅草房便成了栖身地。这间房子只能遮风不能避雨，下雨天，就无处躲藏。

好在两人身强力壮，在这个房子一过就是10年。

10年间，两兄弟奋发图强，刘以来甑酒零售，兼营山货，刘以定杀猪挑着猪肉担走村叫卖，10年下来，他们凭自己的双手挣够了建房子的钱。

由于平时两兄弟和善待人，老少无欺，和村人和睦相处，建新房时村人让出了村中心的一块地皮给兄弟两人建房，并且自觉帮工，两兄弟终于有了自己真正意义的房子，建了一座两房一厅的瓦房。

刘以来40岁这一年，有人上门说媒，对象是邻村刚死了男人的陈氏，陈氏拖着一个小油瓶，就是1岁的李保哥。

刘以来没有任何嫌弃的想头，一个40岁的光棍汉，有人肯嫁，他已经心满意足，婚礼也没有对外声张，一个黄道吉日的晚上，一顶小轿抬进了刘以来的新房，他便正式有了自己的妻子，还白赚一个叫李保哥的儿子。

陈氏除了二婚，其实各方面也挺好的，她是村里年轻的接生婆，又能祈神驱鬼，在那个时代，也算是一个能人。

陈氏嫁入刘家，看着强壮的夫君，自然满心喜欢，她的李前夫，就是因为身子太弱，和她过不了几年，就抛妻弃子而去，让她成为寡妇。做农民，有什么比强健的身体更重要的呢。

真是好事连连，刘以定也有人来提媒，姑娘是出生于嘉庆壬戌年（嘉庆七年，1802年）钦州街上姚姓人家的女儿，时年15岁，据说贤惠大方。

在刘二出世后的第二年，刘以定和姚氏完婚，博白县的穷兄弟终于在钦州有了完整的家。

快乐童年

小峰乡属于典型的小山村，每天早上，在鸡笼里的大雄鸡的第一声欢唱中，山村便正式睁开眼睛，亲密了一夜的天公地母依依不舍地分开，在大地和高山的唇边，展现出了一个光明的世界。

每到此时，村边的山茶花便含羞答答地滴下积攒了一夜的第一滴露珠，欢乐地滋润大地。滴滴露珠便汇入了一条经年流淌的小河，其源头出于十万大山的山泉，它顽强地向前，一直流向大海。

刘二就在山与河之间拔节，成长。

长到5岁，刘二成了村中的孩子王，每天在村中领着一帮小屁孩，上树掏鸟蛋，摸盲鸡⁽¹⁾，不亦乐呼。

有一次，刘二与另村的朱老同上山砍柴，太阳正午时候，两人都饿了，刘二灵机一动，对朱老同说："老同，我们窑蕃薯当中午饭。"

朱老同开心地说："好，我听老同的。"

两老同于是分头行动，刘永福在已经收获的蕃薯地里找到几个村民遗下的蕃薯，朱老同就地取材，用晒干的坭坯搭窑。朱老同搭了几次，窑就是支撑不起来，刘二站在一傍思考朱老同的窑为什么老是搭不成功，他发现了问题，朱老同把坭坯直直地叠起来，基础不稳。他蹲下来，对朱老同说："我来试试。"

于是，他把大块的坭坯放在第一层，而且参差搭着，这样搭出来的窑就稳固了。

两人看见窑搭好了，自然高兴。一齐动手捡来晒干的树枝堆在窑傍。刘二开始烧窑。

烧着烧着，朱老同说："可以扔蕃薯进去了。"

刘二制止说："窑还没有红透，要等坭坯全部烧红才行。"

朱老同发自内心地说："刘老同，你知道的事可真多。"

刘二开心地说："我看见阿爸窑过蕃薯。"

两人耐心地添柴，坭坯慢慢被烧得全身通红。看到火候到了，刘二说："朱老同，现在可以扔蕃薯了。"

两人把蕃薯扔进去，找了两块坭砖乒乒乓乓将烧红的坭坯打碎，

---

(1) 本地方言，即捉迷藏。

借坭坯的热量烘熟蕃薯。在等待蕃薯烧熟之时，两老同双手抱着脑袋躺在坡地上歇息。朱老同问刘二："刘老同，你长大后最想做的事是什么？"

刘二想了好一会，才说："我最想做的事就是让全家都过上好日子。你呢？"

朱老同说："我最想做的事就是当个官，在人前威风。"

两人正聊着，突然一队牛冲了出来，将蕃薯窑踏得一片狼藉，刘二心痛地对朱老同说："瓦岗寨破了贼寨，不能让敌人跑了，拿棍子来，我们一个个挑出贼佬。"

朱老同也不知瓦岗寨是什么，只好含糊地答应，两人将没有被牛踩坏的蕃薯用棍子挑了出来，饱吃了一顿，手上拿着留给李保哥的两只蕃薯，高高兴兴地下山。

有一次，刘二在河中游泳，看见河里有很多黄花鱼和婆萨披在河里游来游去，来了兴趣，站在水中想抓这些小鱼。

他看准一条拇子大的黄花鱼，伸手一抓，鱼没了踪影，来回几次，都没有抓到鱼。

他便想，人饿了要吃东西，这小鱼应该也和人一样，要吃饭。家里已经很久不见腥味了，无论如何我得把鱼抓回家，这些小鱼味道肯定好吃。

想过后，便上河穿好衣服，跑回家对正在翻晒香信的李保哥说："哥，我们去为鱼找食。"

李保哥这一年已经8岁，由于遗传的原因，他的身子继承了父亲的基因，长了一副瘦弱的骨架，刘以来疼陈氏，爱屋及乌，一般不叫他下地干活，但李保哥很懂事，一有机会，就跟着继父干些力所能及的农活。

李保哥听了弟弟的话，回答说："阿二，有时间为鱼找食，不如到地里扒几只蕃薯回来充饥。"

刘二开心地说："为鱼找食就是为我家找食，你去不去？不去，我钓到鱼回来，你不得吃。"

李保哥虽然比这个异父弟大3岁，但弟弟天生有号召力，弟弟说什么，他都感觉有理。现在听弟弟说钓到鱼不让自己吃，有些可怜地说："阿二，我跟你去就是，你不用吓我。"

刘二嘻嘻笑着，狡黠地说："骗你的，我们是最好的兄弟，我有好处，不可能没有哥哥的份。"

两兄弟一人拿了一把锄头，便到山上挖石虫⁽¹⁾，石虫一般生活在湿润的树下，这种虫子小鱼最后喜欢吃。

为什么李保哥要弟弟去扒蕃薯充饥，为什么刘永福要抓鱼，说来有些话长。

原来，自从叔叔刘以定娶姚氏回家后，安定的生活让他日渐滋生了亨乐思想，不像从前那么拼命干活了，在坏人的引诱下，不久染上了赌博，仅有的几个钱被他输得精光，刘以来好声好气劝说了几次弟弟，可刘以定以为自己已经是有老婆的人了，自己的事自己能作主，听不进刘以来的话，两兄弟有了隔阂，时间一长，就没法弥合，两家人只好分家。

分家后的刘以定更加萎靡不振，天天泡在赌场，家里就是有金山银山也经受不起折腾，到后来，刘以定居然用房子抵押赌博，房子被借货人收了去。

刘以来悔恨自己没有教育好弟弟，没脸再在小峰乡待下去，只好携妻子迁到邻村北鸡村另谋生计。

刘二长到5岁，家中已经徒有四壁，别无他物了。

（1）即三叶虫，外骨骼呈宽阔的椭圆形，微微凹入，中轴以圆锥状贯穿全部。是一种小动物。

苦难的生活饿得了刘二的肚子，但没法改变小孩子天真烂漫的性格，在苦难中挣扎的刘二，小小年纪，就知道为家里分忧。

两兄弟挖了一小堆石虫回来，刘二取了鱼钓，将石虫钓在鱼钓上作饵，便开始了钓鱼，几个小时下来，钓鱼大有收获，足足有一斤多。

两兄弟欢天喜地回家，洗净放进沙煲，煮熟后一股香味弥漫了整间房子，两兄弟就着稀粥欢快地吃起来。

吃着吃着，刘二突然用手盖着沙煲说："我们不能吃了，要留下给阿姆和阿爸。"

李保哥伸出的筷子缩了回来，喉结滑动，咽着口水说："阿二你说得对，阿姆和阿爸做工辛苦，我们不能贪吃了。"

两兄弟依依不舍地停了下来。

自此，两兄弟天天到河里钓鱼，让这个家在艰难中保证了营养。

这些小鱼只能解一时之腥，但没法解决赤贫。

刘以来使出浑身解数，每天一早挑着一担篮子到各村收湿香信烘干转手买卖，晚上还耕作租来坡地；陈氏早出晚归，四处为人驱神降灾，奔走于乡间小路为人接生，但生活一天不如一天，衰败之相已经尽人皆知。

迁徙上思州

一家人正在苦苦挣扎之时，一天，家住广西上思州平福新圩的四堂兄来看望堂弟一家，看见堂弟家的穷困相，心生不忍，踌躇了半天，下决心对刘以来说："想不到弟弟一家在钦州如此艰难，这日子怎么过得下去？不如搬到我们村，虽然我不是什么大富大贵之家，但家里有多余的坡地任你耕作，也有闲房任你们住，兄弟之间早晚有个照应，如你们同意，我先回家清扫房子，你们不日便可搬家。"

刘二听说可以搬到好的地方住，自然高兴，缠着堂伯父问道："上思在哪里？离钦州远不远？"

堂伯父告诉刘二说："得走好几天才到，你怕不怕走路？"

刘二开心地说："只要有好日子过，最远的路也不怕。"

刘以来可没有儿子这么高兴，他已经尝过两次搬家的滋味，不想再折腾。于是，对堂兄说："到处杨梅一样花，天下乌鸦一般黑，搬到哪里还不是一个样？不想给兄长增加麻烦，我们在这能撑得下去。"

堂兄有些生气："一笔写不出两个刘字，我们是本家，怎么说添麻烦呢？如果你们还认我这个大哥，就搬家。如果不认我是你们大哥，就此别过。"

刘以来看到堂哥生气，连忙说："搬到四哥身边，我们自然高兴，既然四哥关照我们，我们搬便是，不过，虽是贫家，还是有些盘盘罐罐要先处理，四哥先回家，我们处理了家里的碎事，即动身。"

堂兄回上思后，刘以来便开始变卖仅有的几件家俱，一些带不走的也送给了左邻右舍，凑足了路费，一家人正要动身，突然传来了一个惊天消息：堂兄的儿子掌鸭大因加入上思农民组织天地会，犯下了"天条"[1]，已经被捉拿收监。

清朝延续明朝的连坐法律，一人犯法，全家遭殃，搬到平福去，等于自动送死。

刘以来开始犹豫，不知如何是好。

陈氏见男人犹豫，劝说道："我们的所有家档都变卖了，如果不走，让村人笑话，就算最大的困难，也要投奔四哥，现在四哥遭遇不幸，正需要人手帮忙，我们此行也给四哥搭把手。"

虎将
刘永福
HU JIANG
LIU YONG FU

---

(1) 旧指上天的律令、法规，这里指犯了重罪。

刘以来想不到老婆如此识大体，内心很感动，动情地说："刘家真是前世积德，娶了你这样的好媳妇。好，有难同当，走，上路，到平福村去。"

于是，一家人择了个吉日，便上路。

这一年，刘二8岁，李保哥11岁。

刘以定心情复杂地来告别，面对哥嫂，他无言以对，能说什么呢？如果不是自己染上赌博，就不会败家，也不至累及哥嫂一家如此穷困潦倒。刘以来看着羞愧满面的弟弟，伤心地说："我是为衣食所逼，不得已才投奔四哥，我走后，你要彻底断绝赌博，我在平福才能安心。我先过去，如果你在钦州日子过不下去，就来平福跟我们过。"

刘以定含泪答应了哥哥。

月亮挂在苍穹上面，像一盏点亮的天灯，给急急赶路的一家人照亮前程。

刘以来肩上挑着一副沉重的担子，一头是一只牛二锅，碗筷、两床被子，一家人的衣服，另一头是一只陶缸装着30多斤大米。

他们一家从北鸡村上路至今，日夜兼程已经是第5天，刘以来按照日行30里的路程催着妻儿赶路，李保哥气喘吁吁地走在最后。

刘二背上挂着一个小布包，一步不拉地紧紧跟着父母身后，走一段便折回头望一眼李保哥，生怕他掉队。

一家人到达福平新圩八甲村，堂兄虽然遭受飞来的横灾，在为儿子掌鸭大官司奔走之余，还是腾出手来给刘以来一家清扫干净了窄油房的房子，刘以来一家得以安顿下来。

堂兄给刘以来家送来了米、油、盐，给两个小孩每人送一身新衣服，忧眉苦脸地对刘以来说："做梦都想不到掌鸭大被抓，我就一个儿子，如果被杀了，我这支就断子绝孙了，无论如何都得将他救出。"

刘以来很受感动，堂兄遭遇儿子被收监的变故后，还有闲心为自己的家事忙碌，真是好兄弟。

他不好意思地对堂兄说："四哥，你的事就是我的事，有什么需要我出力的地方，就算最大的困难，我也会尽全力。"

堂兄拍着他的肩膀说："能来团聚就好，从今以后，坡上的土地你随便耕作，希望你们尽快缓过气来，过上好日子。"

从此，刘以来便拼命耕作堂兄的坡地，一有空闲，便跟着堂兄到监狱探望掌鸭大，有时堂兄抽不出时间，他干脆自己探监，送些吃的用的给掌鸭大。

老成的少年

刘二幼小的心灵，深藏着一颗感恩的心，想到堂伯父对自己一家的关照，就想着要去探望堂兄，有一次在他的软磨硬缠下，刘以来同意带他去探监，临上路时，吓唬他说："到了监狱不能乱说话，说错了，就要被杀头。"

刘二答应父亲不乱说话，但心里却打了个天大的问号，为什么在监狱就不能乱说话？

刘二探过堂兄后，内心有了更大的问号。按照父亲和伯父的话，掌鸭大犯了杀头罪，但掌鸭大对刘二说："我根本就没有犯罪，犯罪的是贪官污吏。是他们对农民实行重重压逼和剥削，不推翻这样的反动制度，老百姓就不会有好日子过。"

两种不同的声音在他的脑子中打了很长时间的架，他自己找不到正确的答案。

掌鸭大在监狱里一呆数年。

本来，鸭掌大犯的事，按清朝律要斩头，但此时的清朝上上下下腐败透顶，只要有钱，就什么事都能办，狱官承诺，若要放人，拿

1000两白银来。

堂兄为救出掌鸭大，把所有田产，油房都变卖了，凑足了狱官需要的钱，掌鸭大得以逃过一死。

堂兄从此陷入了窘境，自己还顾不了自己，哪里还有能力帮顾刘以来一家？刘以来开始第四次搬家。

这一次，刘以来搬到河对岸的迁隆州柜口村。他领着两个儿子砍茅草搭茅棚，一家人依河边住了下来，租村子里富人的坡地耕作，帮人打短工，做佃工，但入不敷出，日子在煎熬中一年年度过。

刘二长到13岁，已经成了半个劳力，他决心用自己柔弱的肩膀为父母分担家庭的重压。

上思最大的河流叫明江，明江河在上思境内流程134公里，河流两岸群山叠立，峰回路转，河流全部绕山而行，滩险水恶，撞船、沉船之事时有发生，当地传民谣：行船跑马三分命。但那时陆路岖崎难行，成本高，人们出行和运货，只好铤而走险走水路，应运而生了一种职业：引滩师。

经济状况好一点的人家，都不愿家中的男子做引滩师，13岁的刘二，却义无反顾地走上了船，成为一名干杂活的船工，他的目标，就是要成为引滩师。

为了达成愿望，每次行船，刘二认真的观察河道中的急流缓滩，旋窝，水口，对河道的深浅、宽窄、湾环早已经默熟在心头。

机会等待有准备的人，机会就这样来了，刘二15岁那年，明江发大洪水，水急浪高，没有引滩师，船就像失去眼睛的盲人。

而此时，刘二打工的这条船，引滩师偏偏病倒，而租船的客人又催得急，万般无奈下，船老板决定启用刘二。

刘二坐在船头，像个身经百战的将军，镇静地发出号令，船队有惊无险地过险滩、避急流，刘二顺利完成了引滩任务。由此，刘二在迁隆一带有了些名气。

每次上到岸上，刘以来便教他拳脚功夫，武功日益长进。一人可以随便对付三五个五大三粗的莽汉。

父母亲的年纪也在一年年老去，陈氏还在河两岸奔走接生，驱鬼降神，河两岸很多被陈氏接生的小孩认陈氏为义母，刘二多了一帮义弟义妹。

这一年，刘二17岁，长成了一米六高的小伙子，面容瘦削，额宽鼻高，嘴尖腮厚，耳朵特别大，像极了父亲刘以来。

刘以来已经59岁，由于长年劳作，身体已经跨了下来，时不时躺在床上动弹不得，每到此时，刘二便到处寻医问药，陈氏则四处求神请佛，这样拖了几个月。大家心中都明白，刘以来活不久了，刘二心里很难过，但又束手无策。

大家都把担心的目光放在刘以来身上，不成想，陈氏这年8月因外出接生淋了大雨引发急性肺衰竭突然死去。

刘以来想不到妻子走在自己前面，悲痛加上病患，身子越发差了，刘以来想到自己大限将至，有一天，对刘二说："李保哥虽然不是我亲生，但这么多年来，我们父子情深，我走后，你要像亲兄弟一样厚待李保哥，不让别人欺负他。"

正在这时，刘以定在钦州待不下了，加上一身病痛，只好来投奔哥哥，看着躺在床上奄奄一息的哥哥，最后的一丝希望没了，刘以定真正万念俱灰。

到了十一月，刘以来撒手而去。此时，家里已经空空如也，没钱买棺材，李保哥只知掩面而哭，刘以定也没拿出什么可行的办法。

刘二只好自作主张，将父母生前睡的床板拆了，合成了一个薄棺材，将父亲埋葬了。

一个月后，在一个风雨交加的晚上，刘以定也发了急病死了。

虎将
刘永福
HU JIANG
LIU YONG FU

此时连床板都没有了，刘二和李保哥只好就近挖了个坑，在坑中铺上一层木屑，用了一张草席裹了叔叔，心酸地埋葬了叔叔。

两兄弟看着空无一物的草房，悲从中来，却是欲哭无泪。此时刘以定的债主又追债而来，为了还债，两兄弟索性把仅有的茅草房也卖了，真正成了无家可归之人。

高凤村有个叫陆二叔的人，同情刘二兄弟的遭遇，将自己的一间茅屋和半间厨房借给刘二兄弟暂住，刘二兄弟又有了栖身的地方。

两兄弟无田无地，风里来浪里去帮工看牛，虽然他们看的牛膘肥体壮，声名在外，但还是改变不了贫穷命，一日三餐难以为继。

刘二经常自问："我一身力气，天天拼了命干活，怎么就不能养活自己？这个是什么世道，穷人真的就没法活下去了？是谁让我们日子过得这样艰难？"

有一天，他在河边救起了一名落水将要溺毙的青年，那人醒后，才认出是邻村财主的儿子，叫王者佐。

王者佐是村里的知识分子，上过很好的学校，听说还留过洋，知道很多刘二没法知道的新鲜事物。

自此后，刘二喜欢找王者佐聊天，从他口中了解外面的世界，王者佐告诉他说："阿二，你家穷，不是个人问题，而是社会制度问题，这个制度不改变，就算你再怎么努力，也不会过上好日子。"

刘二感觉王者佐说的话很对，但怎么才能改变社会制度，他自己想不清楚。两人交往多了，成了好朋友，有一次，刘二很不好意思地对王者佐说："王大哥，我今年都十八岁了，可连个名字都没有，太让人难过了，你给我起一个吧。"

王者佐听了，也不客气，沉思了一会，认真地说："那你以后就叫刘建业吧，做一个建功立业之人。"想想，又对他说："有名还不行，得有个字，就叫渊亭吧。"

自此，刘二有了自己的名字。在后来的日子里，他又改名刘永福，他喜欢永福这个名字，慢慢的大家便都忘记了建业的名字，都喜欢称他为刘永福。

第二章　黑虎出山

　　王者佐可以说是刘永福认识社会的第一个启蒙老师，王者佐教刘永福认字，教刘永福书法，刘永福现在留下的虎字，据说就是跟着王者佐学的。通过王者佐，刘永福知道了太平天国金田起义，知道外面正在发生风起云涌的天地会农民运动，刘永福打开了一扇认识世界的窗口。

壮志入梦来

　　刘永福人生的路应该走向何方，他一直在思考着。

　　有一天，正是初春时节，他上山斩柴，下山的时候，突然打起瞌睡，他在一棵大树下的石板上休息，想不到躺下来后就呼呼入睡。梦中，有个长着一把长胡子的慈善老人对他说："黑虎将军，还在山林中埋没，应该出山了。"

　　老者说完，人影一闪，就没了踪影。

　　刘永福一惊，突然醒来，越想越感觉蹊跷。都说日有所思夜有所梦，这个梦促使刘永福有了另寻活路的想法。

　　他心里已经打定主意，要到外面看看世界。

这次出门，他知道必定是九死一生，出门前，决定给父母捡骨重葬，不要留下遗憾。

那时，刘永福哥俩已经离开了高凤村，因无处可居，和李保哥借居在老虎山上的三圣宫庙内。

由于刘永福力贱脚勤，经常帮助庙祝公打柴，挣得的一点钱常常买米孝敬庙祝公，庙祝公便想着找机会回馈刘永福。有一天两人上山打柴，庙祝公指着老虎山说："此山藏龙卧虎，是块宝地，你看，主峰后高前低，远看像只猛虎，是谓猛虎下山之势，左侧山岭奇峰屹立，犹如一面猎猎飞舞的大旗，右山像鼓，《山海经·西次三经》记载，又西北四百二十里曰钟山，其子曰鼓，其状人面而龙身。山海经记载的正好和这个山一摸一样。这山是吉祥之地，综观整座大山，前有朝拜，后有印案，前面又是一个大平台，有万人朝拜之势，如你有先人骸骨埋于此山，后人必发达。"

原来这庙祝公是石达开的谋士，太平军战事吃紧的时候，石达开派他潜回广西物色驻军的风水宝地，但不久，由于石达开在大渡河突围失败，清军背信弃义杀了石达开，他的部队也被清兵全部剿灭，庙祝公从此在广西上思隐姓埋名，躲到庙里图清静。

刘永福听了，牢牢地记住了庙祝公的话。

现在要重葬父母，他决定就将父亲埋葬于此。

他先是为母亲四处寻觅吉地，结果在王二村找到一处好风水，倾尽了积蓄的几个钱重新安葬了母亲。

他带着好朋友也是义哥哥利上老虎山寻找合适的下葬地，结果在往日自己挖树头的地方有个现成的坑，两人就着坑深挖了几下，平整了坑底，斩了一棵大树做好记标，这才下山。

在三圣庙歇下时，刘永福对哥利说："得想办法赊个金埕。"

哥利搔着头皮回答："我看你放在三圣庙的米缸就很合适，米是洁净之物，驱鬼还要用米水洒扫，用米缸吧。"

刘永福对这个米缸有特殊感情，他8岁的时候，跟着父母迁到上思，路途那么远，父亲硬是担着米缸走了二三百里的山路，父亲说："米缸就是穷人的吉祥物，有了米缸，就有饭吃。"

尽管多次搬家，这个米缸一直都跟随着他们一家，现在想到父亲心爱之物用来葬父亲，也是物尽所用。于是，便从三圣庙搬出米缸，认真清洗，放到三圣庙门外晒干。

刘永福请了师傅为父亲起骸骨，将骸骨放进了米缸，但又没有合适的缸盖，正在犯难时，庙祝公将庙里一个坭兴陶盖送给他，这个陶盖和米缸刚好合适，就像配对的一样，刘永福非常开心。

下葬定在次日早上九点。刘永福早早挑着骨缸上山等候，谁知时辰临近，突然风雨大作，天上飘起了阵阵雪花，冷得刘永福全身发抖。

刘永福站在墓地边上，心里想，这么大的雨，墓里肯定灌满了水。

他便放下肩上挑的骨缸，跳入墓穴试水，伸手一探，墓穴里居然一滴水也没有，他抱着金埕入墓穴，小心埋好金埕，这才放心回家。

过了几天，刘永福下船帮工，在河边，看见烟土客为了逃税夹着烟土躲避追捕，烟土遗失在河边，刘永福偷偷捡起来藏好，待差勇走了，烟土客原路寻回，刘永福如数奉还，烟土客为了答谢他，送了一只烟土给他。

刘永福将烟土卖了，买了砖和灰砂给父母新坟砌砖加固，完成了心中的大事。

投奔郑三

刘永福的青年时代，是清朝封建社会最腐朽的阶段，农民起义风起云涌，太平天国在金田起义后，广西各地天地会积极向应，据史料记载，当时整个广西的天地会武装共有175支之多，这些农民武装纷纷打着反清复汉的旗帜，普遍受到当地民众的拥护。最著名的有升平天国、延陵国、大成国农民组织。

在这样乱纷纷的世道，刘永福对李保哥感叹道："大丈夫不能为数百万生灵造福就已经够羞愧了，居然连自己也养不饱，太窝囊了，哥，无论如何我们要出去闯闯。"

李保哥说："现在到处兵荒马乱，分不出哪个是官哪个是贼，说不定还没走出门口就被乱棍打死了，阿二你要三思而后行，不能鲁莽。"

刘永福既然下了决心，李保哥又怎么能阻止得了他？村里几个义兄义弟得知刘永福要出去干大事，邓阿富、哥利、曾阿己、凌阿文等人主动提出跟着刘永福同往。经过大家商量，决定往迁隆州投靠郑三。

这郑三原是钦州防城司那良人，迁到迁隆州福禄村已经十几年。当时郑三正担任吴凌云的旗头，吴凌云就是后来在广西太平府成立延陵国的农民军领袖。郑三的亲兄弟郑四、郑五、郑晚都是先锋，手下有100多人。

那良和古森峒离得很近，刘永福8岁前都是在古森峒度过，郑三也算是刘永福半个老乡，老乡见老乡，万事好商量。

主意打定后，刘永福在咸丰七年（1857年）20岁这一年，在一个月黑风高的晚上，一行6人悄悄地离村，向着迁隆州出发。

走到半道，突然后面火光冲天，马蹄声，喊杀声此起彼伏。刘永福知道，他们的行踪被差勇发现了，是差勇追杀来了。

他对邓阿富说："你们快跑，我来掩护。"

李保哥一听弟弟留下来，急得哭着说："阿二，要死也死在一起，我们不能丢下你。"

时间紧逼，刘永福没法向李保哥详细说，只好说："阿爸对我说过，一定要尽最大努力保护你，你快走，我会很快赶上你们。"

虎将
刘永福
HU JIANG
LIU YONG
FU

说完，用力推了一把李保哥。

李保哥一个趔趄，哭喊着说："阿二，要是你被打死了，我怎么办呢，你千万不能死。"

哥利拉了一把李保哥，骂道："都什么时候了，你还这样婆婆妈妈，相信二哥有办法脱身，快走，别让二哥分心。"

说话间，差勇已经杀近，只见来人个个手上拿着明晃晃的大刀，看见刘永福手上空无一物，一下子壮起胆来，蜂拥而上要活捉刘永福。

刘永福蹲着马步站在路中间，第一刀劈下的时候，他头一闪，躲过了这刀，伸手抢下了差勇的大刀，大刀在手，刘永福呼呼生风地舞起来。

那些差勇本来靠着人多势众占便宜想先打晕再活捉刘永福回去领赏，根本就不想和他拼命，而刘永福孤身一人，如要脱身，除了拼死对抗寻找一线生机，别无活路。只有拼尽全力，几刀下来，砍伤了冲上前的几个差勇，后面的便开始躲闪，都想别人往前冲，自己能保命。

刘永福奋力博杀一番，想到李保哥他们应该跑远了，便虚晃一刀，跃入了路边的树林。

差勇们虚张声势追了几步，也就回去交差了。

刘永福一路向着迁隆州方向奔跑，由于熟路，凌晨时分，便到了郑三的驻地。

李保哥几个已经在驻地焦急地等待，看见浑身是血的刘永福奔跑进来，大家一涌而上，抢着问这问哪。知道刘永福没有受伤，大家才放下心来。

郑三看见五六个生龙活虎的候生哥投靠自己，自然开心，当即吩咐厨房生火煮饭。

郑三对刘永福说："我正在扩充队伍，正是用人之际，刘永福，李保哥，你们两兄弟任先锋，其余的兄弟就交给你们统领，今后，我们有福同享，有苦共当，郑三绝不亏待兄弟。"

李保哥在郑三手下只干了两个月，就病死了。

当时，上思、下思、宁明、思明等州府的官员在吴凌云起义军的攻打下，黄牛过河，各顾各，黎刀率1000人守思明，赵大、赵晚率数千人踞宁明，巫必灵率数千人守上思，这些地方武装一直伺机反扑农民军。

1861年2月，广西最大的农民起义武装吴凌云部，在太平府（今广西崇左市）建立延陵国，自称延凌国王，铸造"延陵玉玺"，蓄发易服，以梁国桢为军师，罗品光为元帅，黄万年为辟疆侯，梁谦之以下数十人亦拜官封爵，延凌国成立当天，郑三作为吴凌云的旗头，率刘永福到太平府祝贺助威，刘永福第一次看到如此大规模的反清队伍，在太平府盘桓的日子，对他触动很大。

当时吴凌云希望郑三能留在太平府，但郑三怕在太平府受到吴凌云诸多限制，以家小还在迁隆州福禄村，需回去护家为理由，委婉地拒绝了吴凌云的请求，刘永福作为郑三的部下，只好跟着他又回到迁隆州福禄村。

当时在迁隆州还有另外一支农民队伍在该地区活动，就是钦州人徐五领导的农民军。郑三带回的人和徐五的人马相互照应，反动武装一时对他们无可奈何。

当时，上思、下思、宁明、思明等州府的官员在吴凌云起义军的攻打下，顾此失彼，损失惨重。

为了报复吴凌云的进攻，巫必灵一直伺机而动。

机会终于来了。

郑三回到福禄村后，看着巫必灵的反动武装没有什么动静，以为巫必灵被吴凌云的起义武装打怕了，错误认为巫必灵近期不会进犯福禄村，留下亲兄弟郑四、郑晚和刘永福20多人守福禄村，自己和郑五、表亲黄升奇，哥利带着家小移营上田村，上田村离福禄村20里，福禄村有事半天就可以赶回增援。

郑三出发前，对刘永福说："兄弟，福禄村就靠你们了，帮我守好村庄，有事随时派人通知我。"

刘永福坚决地回答："三哥放心吧，弟兄们誓死保卫福禄村。"

巫必灵探知郑三已经离开福禄村，决心趁机消灭福禄村的农民军，给点颜色让吴凌云看看。

为了打败郑三的队伍，他使出下三烂的手段，收买叛徒。

他探知黄升奇手下有个非常贪钱之人吴三哥，便派人用金钱引诱，吴三哥经受不起金钱诱惑，叛变农民军，并私下策动全村人叛变。和巫必灵约好攻打福禄村农民军的时间。

郑三离开福禄村第三天晚上，巫必灵组织了1000多人猛攻福禄村，叛徒带着全部反水的村民从内部攻击，郑四、郑晚的队伍虽然英勇反击，无奈内鬼难防，加上只有20多人，力量对比悬殊，农民军大都战死，郑四郑晚死于乱抢之下。

刘永福杀了几个敌人后，看着身边不断倒下的兄弟，知道大势已去，只好杀出一条血流，冲出敌人的包围圈，跳进了乱草中躲藏。

天，眼看就要亮了，敌人团团包围了福禄村，三步一岗，五步一哨，巫必灵得意洋洋地大声宣布："天亮搜村，赶尽杀绝，一个不留。"

太阳刚探出个头，巫必灵的人马便急不可待地开始搜村。

刘永福看见敌人越来越近、越来越多，自己在突围时武器又掉了，身上唯一的武器就是一把水果刀。想着被敌人杀死，不如自己结果自己，便抽出小刀向手腕割去，可割了几刀，由于刀太钝，居然没有一丝血流出，他心里叹道："寻短见不是英雄好汉所为，就是死也要拼个鱼死网破。"

想过后，便振作起来，伺机再次突围。

此时，郑三的马倌老余，也从藏身的地方跳出，手中拿着一条石竹扁担。

刘永福看见扁担，心里想，有救了。

刘永福对老余说："老余，你的扁担给我，我在前面乱打，你跟在我后面可以逃命。"

老余如惊弓之鸟，听了刘永福的话，连忙说："兄弟，我这命就交给你了。"说完，把扁担给了刘永福。

刘永福双手拿着扁担，瞅准时机，抡起扁担舞起风车，一边打一边往外冲并高声喊着："挡我者死。"

巫必灵长着人多，根本不把刘永福放在眼里几十个人蜂拥而上。

刘永福迎着敌人，挥起扁担专门扫敌人的门面，一扫打晕了十多个，敌人纷纷往后倒，刘永福踏着敌人的身体往前冲，总算冲出了包围圈，但他的脚后跟被抢刺中，深入脚踝穿出外面，脊骨又被刺了一枪。

当时拼命跑路，感觉不到痛，一直跑了十多里，进入那篓村，离上田村已经不远，刘永福这时才感受到一阵钻心的疼痛弥漫了全身，一步也移动不了，又怕敌人追杀来，正在走投无路之时，突然发现路边有个山洞，他拖着不听使唤的身体，爬几步停一下，不到50步的路，他足足爬了半个多小时，精疲力尽地躲进了山洞。

此时老余也逃了出来，看见路边有山洞，慌慌张张地也躲了进来。

刘永福看见老余，喜出望外，连忙对他说："老余，此地危险，你速速往上田村，叫郑大哥派马来接我，我脚、腰骨都受伤了，现在动弹不得。"

老余连忙说："好的，我这就去找马来接你。"

老余到了上田，报告了郑三，郑三立即吩咐哥利牵马来接刘永福。

刘永福回到郑三身边，整天躺在一间二十多人住的大房间里，没钱请医生看病，和他同来的哥利等兄弟有识山草药的，便外出采些山草药回来敷伤口，由于自己不能出去打仗，每天只能以稀粥充饥，伤痛入骨髓，动又动不了，整天呻吟不止，郑三便很不耐烦，也日渐瞧不起刘永福，不时口出恶言。

这是刘永福一生中最悲惨难熬的日子，一直拖了两个多月，才勉强能站起来。

这次被打伤，刘永福痛彻地感到，郑三只能同甘，不能共苦，在他手下不会有什么前途，产生了另谋出路的想法。

改投王士林

正在刘永福思考何去何从之际，清军开始围剿延凌国驻地太平府义军，延凌国出告示招兵买马守卫。

刘永福经过和黄升奇商量，两人带了十多个弟兄投奔太平府效力。此时的太平府，正在严阵以待，吴凌云命梁国桢、梁谦之等数十人分兵驻守各要隘，但并不能制止清军的大举进犯，养利州、左州、太平土州、宁明州先后陷落。清军乘机大举向太平府进逼。义军弹尽粮绝，饥肠辘辘刘永福只好率兄弟们改投另一股义军头目王士林部。

王仕林义军是广西众多农民武装中比较有实力的一支，当时已经有数千人，在上思州称霸一方。

刘永福的到来，受到王士林的欢迎，当即拨给400文钱，米20斤。

刘永福手上拿着400文钱，对弟兄们说："我们已经差不多一个月没有吃上一口肉，这钱，都拿去买肉，让大家饱吃一餐。"

弟兄们听说可以吃上肉，自然欢呼雀跃。

刘永福把钱给了哥利，对他说："你跑一趟肉铺，顺便买些茴香、八角回来，让大家开怀大吃一餐。"

哥利屁颠颠到肉铺一问价，肥肉要50文一斤，瘦肉45文一斤，尽管肥肉多了5文一斤，哥利还是决定买肥肉，现在弟兄们需要油水。他割了8斤肥肉，这钱花完了。

哥利买齐配料，回来切了猪肉，借了个锅头红烧肥肉，茴香和八角混杂的香味，加上肉香，十几条饥肠辘辘的汉子早已经垂涎三尺，待锅盖揭开，大家蜂拥而上，大盘小盘装了猪肉，就着米酒，吃得声音吱吱作响。

饱了口福，胃肠却遭殃了，由于弟兄们很久没吃上油水，一下子吃进那么多肥肉，结果胃肠严重抗议，先是黄升奇拉肚子，接着是刘永福。

开始两人还遮遮掩掩不好意思说明，但看见弟兄们不停地进进出出，刘永福知道大家都拉肚子了。

哥利有一次跑得慢点，结果拉在裤子上。

哥利只有一条裤子，没法换洗，只好借名到河里洗身，其实是去洗裤子。

哥利洗干净裤子，将它晒在河边的岸上，人浸在水里正在苦恼，却看见好多个兄弟也向河边跑来，大家也不多说，都心知肚明，一群人浸在水里，哥利对黄升奇说："我们过的是什么日子呵？"

黄升奇无奈地说："这样的日子不是我希望的日子。"

但这样的日子还得过下去。

听说王士林处可以吃饱饭，另一股以吴三为手的义军又投靠了王士林，王士林人马壮大到3000多人，于是，王士林率众攻打拣州等地，所向披靡。

在王士林手下干着干着，刘永福感觉王士林根本就没有什么奋斗目标，谁给钱就帮谁打仗，而且有着浓厚的当山大王思想，打着打着，还染上了土匪的习性，到处抢劫，如在攻下归顺州时，抢劫得来的财物多到阻塞街道。

更为可笑的事，王士林居然用钱向清朝政府买了个官，从义军摇身一变成为清朝政府的帮凶。这不是刘永福所要的生活，也不是他想要追随之人。

同治三年（1864年），王士林因前次领赏救归顺州之危，当地土著没有兑现赏银，率队讨说法，结果被土著招来10000多人追杀，在乱战中，黄升奇被乱枪打死。刘永福将黄升奇的遗物送回给他的父亲时，看到黄父悲痛欲绝的惨状，刘永福萌生了离开王士林的想法。

有一天，刘永福无所事事地在太平府街上行走，街上有个铺子走出一个中年男人，一直跟在刘永福背后，刘永福发现了，停下来问道："你为什么跟着我？"

那人定定地看着刘永福的眼睛，对他说："你的相是奇相，也是贵相，现在虽然难以施展拳脚，但困难马上就过去了，以后会一路福星高照，还要封侯，千万不要自暴自弃。"

刘永福听了，洒笑说："如果我能封侯，你就是皇帝。"

那人说："你以为我是江湖骗子呵，听不听由你，不过，你是做什么工的？"

刘永福说："我是兵不兵，贼不贼，依人过活，只为三餐。"

那人说："福禄寿三字，你全占了，现在虽然穷困，但以后一定会应验我的话。"

刘永福叹气说："我现在是米无一筒，衣无两套，听人饭碗响而后充饥，还谈什么福，讲什么禄，言什么寿？"

那人说："我给你卦一卜，由命来安排。"

刘永福说："我身无一物，没有谢金给你。"

"我无需你的谢金，你只报八字来便是。"

刘永福看他如此认真，又不收钱，便报了自己的出生日期给他。

离开的时候，刘永福才知道这人叫陈元扬。

这一时期的刘永福可以说是整个历史潮流中的一株水草，随波逐流，谁供吃喝就帮谁打仗，没有明确的政治主张，也没有势不两立的敌人。

晚年刘永福

第三章　竖起黑旗

同治五年（1866年），刘永福已经29岁，他从20岁离开家乡，先后跟随郑三2年，改投王仕林5年，又改投黄思宏2年，打打杀杀中一晃就过去了9年。都说30而立，即将30岁的刘永福除了一个好身架，身无长物，连肚子都塞不饱。

刘永福又到了人生的十字路口。

效忠吴阿忠

他经过认真思考，决定改投最大的义军首领吴阿忠。

决定之后，便立马行动。同治五年年初三半夜，带着23个好友出发，到了下午五时，到达岗坪圩，由于大家身上都没钱，只好沿街乞讨，讨来了100多文钱，买了米，正在煮饭，突然看见近200人往这边赶来，近了，才知道这是投奔刘永福来的。

刘永福对涌上来的这帮人说："你们回去吧，我现在自身难保，无钱无粮，跟了我，只能受苦。"

众人说："刘二哥能受苦，我们就能受苦，我们跟定刘二哥了。"

刘永福看见大家态度如此坚决，便说："大家如此有诚心，今天患难相助，我发誓将来有福一定同享，希望大家首尾相照应，不能遇到困难就半途而废。"

大家都说："刘二哥说的，就是我们想要说的，保证从一而终。"

话说到此，刘永福只能收留大家，在岗坪圩住了一晚，第二天早早又上路，到了下午四点，走到龙打圩，又沿街乞讨米钱，度过一夜，第三天下午三时到达吴阿忠义军驻地安德圩。

刘永福对门岗说明来意，后来，吴阿忠派了一个上思老乡陈德培来见刘永福。

陈德培看见刘永福的200多人个个身强力壮，喜欢得不行。对他说："我们国主现在正是用人之时，你带着这么多人来投奔，国主一定很高兴，走，我带你见我们国主。"

刘永福第一次见到吴阿忠。吴阿忠时年四十出头，脸庞方方正正，肤色白皙，文质彬彬，一看就是个读书人。

吴阿忠是吴凌云的长子，吴凌云于1862年夏天，在广西太平府陇罗建立延陵国任国王，清政府对吴凌云的义军进行了疯狂围剿，筑长围数百圈围攻陇罗，并于外围安设大炮，"昼夜环攻"。在极其困难的条件下，吴凌云率众誓死抵抗。1863年2月，义军弹尽援绝，吴凌云率众突围，"中途遇伏，炮轰伤重"身亡。清军冲入陇罗，大肆烧杀淫掠，陇罗顷刻间被夷为平地，吴凌云领导的延陵国起义，归于失败。

吴凌云战死后，吴阿忠率领余众突出重围，向桂西北转移。他转战于归顺州城西北，屯扎于三台山。灵山农民军小张三前来会合。众推吴阿忠为首，小张三为副，继续坚持反清斗争。

三台山在归顺州西面六十里，四面环山，山高路险，山间有可耕种的田地。吴阿忠以三台山为根据地，一边生产，一边守御，并伺机分兵出击，占领州城四周的村圩，不断扩大地盘、兵源和粮饷。刘永福就是在这样的情况下投奔吴阿忠而来。

虎将
刘永福
HU JIANG
LIU YONG FU

吴阿忠见了刘永福，自然高兴，关心地问："听陈德培说，你老家在上思州，家里双亲可安好？"

刘永福听到问自己的双亲，含泪回答说："报告国主，双亲早已过世。本人出生于钦州防城司古森垌，后来在钦州待不下了，才搬到上思州，我不是土生土长的上思州人。"

吴阿忠听到刘永福父母又亡，安慰他说："这个黑暗的世道不推翻，农民就不会有好日子过，你也不要难过了，以后跟着我，我们共创一番大业。"

刘永福回答："愿为吴国主肝脑涂地。"

吴阿忠开心地说："农民以谷多为好，兵家以兵多为上，大家来共举义事，自然是韩信将兵，多多益善，这些人既然是你带来，往后就都是你的兵，希望你管好自己的手下，同心协力对抗清兵。"

说完，叫来账房先生卓二，给刘永福发了3000文钱，米则任由刘永福要多少都行，以不浪费为度。

刘永福从此真正有了自己的队伍。

他想，有了自己的队伍，以后慢慢发展壮大，真正干一番事业。

第二天，吴阿忠就将刘永福的部队作先锋攻打南雁。

为什么要攻打南雁？吴阿忠认为，南雁山路崎岖，易守难攻，若攻下南雁，其他村屯就容易收服了。

刘永福所领导的这支队伍，人人都想建功立业，这次吴阿忠让他们当先锋，自然拼了全力攻打南雁，第一仗，就打败了对手，南雁人自此不肯出来接仗。刘永福改变策略，围而不打，南雁人坚持了三天，只好开门投降。

收服了南雁，各村寨纷纷来投效吴阿忠，只有帘拣圩因为是大村，人多势众，不肯宣布效忠吴阿忠。

不服就只有打到服。

吴阿忠领着大队人马从南雁起程行军20多里对帘拣村实行了包围，刘永福的人马继续作先锋进行攻打，村人组织抵抗，刘永福的人马几个回合就冲毁了村人的抵抗，吴阿忠的人马进入帘拣村，家家户户紧闭大门。

吴阿忠派出人员到各家各户敲门，大声宣布："只要服从吴国主，就全村平安无事，不犯秋毫，不服者，将人物一空。"村人人人自危，为了保财保命，全村都乖乖地表示臣服。从此，在安德广大地区，都成了吴阿忠的势力范围。

吴阿忠收服了帘拣村，班师回安德。

攻下帘拣村的吴阿忠的名声大振，各路义军纷纷来投靠吴阿忠，计有右江洪义带1000多人来投，下思黄太老带300人来投，其他小股的不计其数。

吴阿忠剩势攻打云南开化管辖的大里村，该村地势险奇，中间只有一条过得一个人的小路，攻打了三个多月，一直攻不下。

刘永福看着如此僵持下去，我方人马要吃亏，便对吴阿忠劝计说："大里村人多势众，我们攻打了三个多月都攻不下，兵书上都说：'再而衰三而竭'再攻打大里村，义军的军心就会涣散了，我们何不改攻靠近大里村的小里村，只要攻下小里村，大里村就会人人自危，到时我们再派人传话，说明利害关系，说不定不攻自破。"

吴阿忠皱着眉头作沉思状，最后对刘永福说："我们之所以久攻不下，我主要是想争取他们支持我的事业，不想对大里村痛下杀手，要不，早就攻下了，你的建议不错，那我们就改攻小里村，你继续打先锋。"

刘永福领了任务，不敢怠慢，把200多人召集起来，对大家说："大里村攻打了三个月都攻不下，时间不能一拖再拖，现在吴国主命令我们先攻下小里村再拿下大里村，弟兄们这次一定要争气，立功的都有奖赏，我给大家三天时间，无论有多大困难，都要收服小里村。明天早上五点开饭，六点准时攻打，大家今晚要睡好，争取明天打个大胜仗。"

此时的吴阿忠粮草充足，能兑现奖赏，大家听了，人人跃跃欲试。

第二天早上六点，攻打小里村的战斗正式打响，200多人对付只有七八十户人的小村，攻打还不到三个小时，村里的长老便拿着白旗向义军投降。

吴阿忠自然高兴，兑现了战前承诺的赏格，打先锋的200多人人人得奖40文钱，大家自然开心。

攻下小里村后，吴阿忠派出大批义军包围大里村，让人高声宣布："凡愿归顺延陵国者，吴国主保证秋毫不犯，人财两安，如果顽固抵抗，将血洗全村，一个不留。"

在喊话的同时，吴阿忠带领大队人马于第二天发起总攻。

大里村人被攻打了三个多月，早已经如惊弓之鸟，加上派出人员到小里村打探，得知义军攻下小里村后并没有杀人放火，人财都能保下来，于是，大里村也举了白旗，兵不血刃就收服了大里村。

吴阿忠对战战兢兢的村民进行了安抚，选出了村里几个头人处理村务，带着刘永福凯旋回守安德。

从自桂西北广大地区和云南开化一带都成了吴阿忠的势力范围。

刘永福的队伍英勇善战，每战必胜，吴阿忠对刘永福越来越倚重。有一天，他对自己的母亲说："刘永福有勇有谋，处事果断，现在成了我离不开的左膀右臂，妹妹如今待嫁在家，兵荒马乱的年头，嫁给别人，母亲也不放心，我的意思让她嫁与刘永福。"

他的母亲听了，回答说："现在你是全家的主心骨，你认为对的事就做吧，我支持你。"

吴阿忠征得母亲同意，趁热打铁，请了父亲生前管粮草的杨大人说媒，送了其妹的八字给刘永福。并招刘永福进大营面谈。

他见了刘永福，深情地说："你投入我麾下几个月，表现非常优秀，能征善战，智慧过人，把我妹吴秀英交给你，我和家母都非常放心，既然送了八字，如你没有什么意见，我们就是一家人了，择个吉日，尽快把婚事办了。"

刘永福听了，头上不停地冒出汗珠。

原来，刘永福昨天得到一个消息，是吴阿忠二哥头黄崇英的师爷叶成林告诉他的，说是吴阿忠的妹妹是个石女，没法生养孩子。

对于忠孝思想极浓的刘永福来说不啻为晴天霹雳，现在他这一支，李保哥已经死了，叔父无后，他再娶个石女，就真成了绝户头了。

但如果拒绝这婚事，后果不堪设想，轻则被赶走，重则身首两处。

他擦了一把汗，眼睛盯着吴阿忠说："多谢吴国主厚爱，永福无父母无兄弟，只身一人四处漂泊，至今除了一身力气，身无一物，吴国主的千金妹妹，与我婚配，实在太委屈令妹了，请吴国主三思。"

吴阿忠误以为刘永福不敢高攀吴家，安慰他说："我们举旗反清，就是为了追求人人平等的生活，你不要有什么顾虑，回去好好准务婚事就是了。"

话说到这样，刘永福已经退无可退。

只好说："多谢吴国主抬爱，我有一个请求，这婚事稍稍往后推迟，让我真正有能力娶令妹那天才举办婚礼。"

吴阿忠拍着他的肩膀说："这婚礼也无需大操大办，战争时期，一切从简就行了，不过，就尊重你的意见，往后推迟一点，但不能超过三个月，你要有思想准备。"

刘永福头重脚轻回到家，叶成林已经在等他，看见他一副垂头丧气的样子，连忙上前问："确定婚事了？"

刘永福点点头，无奈地说："确定了，叶大哥有什么好办法？"

叶成林笑着说："还能有什么好办法，能拖就拖吧，事在人为，

牛不喝水强按头肯定成不了事。"

这叶成林原来是拿刀探牛病，他是受黄崇英所托，要撮黄这桩婚事。原来，黄崇英和吴阿忠是血表兄弟，一直得到吴阿忠的器重，但刘永福来了以后，吴阿忠处处倚重刘永福，他感觉自己二哥头的位置出现了危机，早就想通过婚姻巩固自己的地位。

他有个儿子叫黄盘龙，一直暗恋吴秀英，黄崇英早就想通过这门婚事，与吴阿忠亲上加亲，建立起牢不可破的关系，谁知半路杀出个程咬金。眼看吴阿忠就要将吴秀英嫁以刘永福，他那能任由事情发展下去，像他肚子里蛔虫一样的军师叶成林于时对他献计，让刘永福不愿结这门亲事，于时叶成林便亲自找到刘永福，散布吴秀英是石女的谣传，刘永福不知是计，一门心思想推了这门亲事，叶成林看到目的达到，高高兴兴地回去复命了。

不知内情的吴阿忠却视刘永福为当然妹夫，视为心腹，大大小小事都找他商量，刘永福一下子成了这支队伍的三号人物。

刘永福在吴阿忠队伍中如鱼得水，第一次感受到被人需要和尊重。他心里想，要是没有这烦人的婚事就好了，他希望天天有忙不完的事，这样，吴阿忠就不会有时间催自己结婚。

有天打完仗后，已经是黄昏时刻，他和哥利几个正在山上休息，大家抱着刀枪席地而座，夕阳向着山脚下沉，红彤彤的一轮，微风吹拂，山上的鸟儿因为这帮侵入者搅乱它们的清净，正在枝头上吱吱喳喳抗议。一声声的鸟鸣传来，刘永福看着朦胧中的近山远色，突然想起了儿时的小峰村，他对坐在傍边的哥利说："我在小峰村时，虽然生活不好过，但很开心，人，只要有希望就开心。"

哥利悄悄靠近他，声音低低地问："你见过吴秀英吗？你虽然不明说，但我知道你有心事，说一下，为什么不喜欢这门亲事？"

刘永福心里想，就是打死也不能告诉哥利吴秀英不能生育的秘密，对于一个女人来说，没有任何事比这件事更痛苦的了。想过后，只想混过关，含含糊糊说："那有不喜欢，只是没有能力娶亲罢了。"

"前次你叫我送信给吴国主时，我见过吴秀英，人长得很端庄，听说特别贤惠，对母亲和哥哥们都很好。"

刘永福心里想："真是可惜了。"

两人正聊着，突然一阵马蹄声由远而近传来，转眼间，一骑白马已经在刘永福面前停了下来，骑在马背上的是一年轻女子，那女子由于赶路，脸上红朴朴的，那女的没有注意刘永福，却对着哥利说："哥利，清兵大队人马正在包围三台山，吴国主有令，请三哥头立马带队转移，不要在此停留。"那女的说完，像来时一样急匆匆骑马而去。

哥利看着刘永福正注视渐渐淡出的女子背影，对他说："刚才这个就是吴秀英，以前老国主没死之前，听说她就带兵打仗，吴阿忠现在担心她出意外，只准她上传下达，不让她带兵了。"

哥利说的这些，刘永福自然都清楚，他虽然没有正式见过吴秀英，但吴秀英的事他并不比别人知道得少。

这女子真是生得标志呵，两只眼睛像猫眼一样又圆又大，鼻子直而挺，嘴巴像棵熟透的樱桃，身材修长，少说也有六尺。老天为什么不好人做到底，既然给了她漂亮的外表，又有贤惠的内在素质，为什么就不能给他生儿育女的权利，他真的为吴秀英婉惜。

哥利对他说："我们得赶快转移，要不，可能清兵要追杀来了。"

刘永福听了，连忙叫哥利集合队伍，开始转移。

黑旗迎风招展

有一天，行军途中，刘永福带着手下经过安德圩的安德庙，看见当地土著在庙中供奉水神，水神傍插着一杆七星黑旗。

黑旗军使用的旗帜

刘永福突然喜欢上了这面黑旗。

心想，我现在已经是200多人的首领，行军打仗得有一面旗帜才好号令，何不照瓢画葫芦制作一面旗作为自己的队旗？

想过后即刻对哥利说："你到街上扯几尺黑布，按这旗的样子制作一面旗，快去快回。"

哥利领了任务飞快地跑到镇上，买了黑布，请人剪裁成七星旗，急急回来见刘永福。

刘永福接过黑旗，非常高兴，对大家说："这面旗以后就是我们的旗帜，现在就插在庙前威风一下。"

他身边的王者佐听了，悄悄说："这等大事，得选个吉日，不能如此仓促。"

刘永福对王者佐极为信任，他在吴阿忠手下站稳脚跟后就亲自回到高凤村请王者佐来辅助自己。

王者佐听了他的计划，二话没说，打好衫包就跟他上路，现在王者佐就在他身边为他出谋划策。

刘永福听了王者佐的话，嘻嘻笑着说："王大哥说得对，我们得选个好日子，哥利这事由你去办。"

哥利便又到街上请人看日子。

日子就选在第二天早上九时。

次日到了吉时，刘永福的人马排排站在庙门口，刘永福备了三牲，祭拜了天地神明，然后对众人讲话："我们今天聚义，用三牲告慰天地神明，今后凡我弟兄，要同心同德，不得做有违天地之事。"

刘永福讲完话，举行拜旗仪式，突然一口大风吹过，旗杆被吹歪。

这一变故，大家都吓着了，感觉这是出师不利的征兆。

刘永福心里也暗暗叫声不好，但他没有停下来，而是继续拜旗，此时，又有一阵风吹来，歪斜的黑旗突然好像有人扶正一样直直地站正了位置。

大家一看，欢呼起来，都说是好兆头，以后必定防凶化吉，遇难呈祥。

坚拒利诱

同治六年（1867年），刘永福30岁，此时太平天国已经被清朝镇压，清朝腾出人力物力来对付广西的各路义军，由于吴阿忠的义军是广西境内最大的一支，自然成了清朝眼中钉，肉中刺，清朝用尽手段分化义军队伍，用优厚金钱和官职瓦解义军。

面对诱惑，王士林和黄思宏相继投敌。

广西提督冯子材开出条件，打下吴阿忠给王士林当镇安道，给黄思宏做太平府。这黄思宏原是上思州的绅士，义军形势好的时候投靠义军，现在眼看清朝大军压境，立马变节成了清朝的帮凶。两人都领了冯子材的赏银准备协同作战攻打吴阿忠。

刘永福在投奔吴阿忠前，曾经在黄思宏手下待过2年，算是王、黄两人的旧部。

王士林和黄思宏商议对付吴阿忠的办法，两人都不约而同地想到刘永福。

黄思宏对王士林说："吴阿忠只是一介文弱书生，根本不值得担心，棘手的是那个刘永福。刘永福深谋远虑，打起仗来不要命，部下又同心一气，攻打吴阿忠，就怕这个拦路虎。"

王士林听了，哈哈笑着说："是人都有弱点，刘永福这人重义气，他做过你我的部下，我们就用这个情去说动他，如果他肯反水，里应外合自然不用我们废太多力气，就算没有说反他，让吴阿忠知道我们曾经想收卖他，吴阿忠肯定起了疑心，只要两人离心离德，还忧不能消灭吴阿忠？"

黄思宏夸他说："姜还是老的辣，就按你的意见去办吧。"

于是，王士林决定自己走一趟，亲自劝说刘永福。

有一天，他包里装着500两大银，带细张三潜入刘永福的驻地。

细张三原来和刘永福是好兄弟，两年前，王士林和黄思宏为了争上思州的话事权，两人大打出手，细张三当时手下有100多人，夹在两恶之中，左右不是人，思来想去，最终带着自己的队伍投靠了王士林，在竹朴阻击黄思宏进攻时，还和刘永福并肩打过一仗。

刘永福见了两人，念着熟人之情，吩咐哥利给他们上茶。

细张三那有心思喝茶，他一个劲地使眼色让刘永福把身边人支开。

刘永福何等聪明，看见细张三鬼鬼祟祟的样子，已经明白了几分，为了探清细张三他们此行目的，便对哥利说："哥利，王首领和张哥都是我的兄弟，我们想叙叙旧，你出去忙吧。"

哥利哼了一声，没好气地说："二哥，王士林也曾经是吴国主的好部下。"

说完，狠狠地瞪了一眼王士林，不怎么情愿地走了出去。

哥利一走，王士林得意地说："想来你已经听到风声了，我和黄思宏现在已经成了冯子材的部下，冯子材答应打败吴阿忠，就给我当镇安道，给黄思宏当太平府。你曾经是我们的部下，现在大敌当前，希望你把握机会，如你杀了吴阿忠保证给你个大官，还有用不完的金银，如果杀不了，在攻打吴阿忠时做内应也行，只要成事，保你荣华富贵。"

刘永福听了，心里想："王士林、黄思宏虽然都曾做过自己的首领，但一直没重用自己，两人人品极差，像墙头草，立场不定，随时变脸。吴阿忠就不同了，多年来一直举旗反清，父亲战死扛下大旗接着对抗清兵。同时，每打一仗都让自己打先锋，尊重自己，重用自己，我和吴阿忠志同道合，比起和王士林、黄思宏的关系好十倍，况且，做人得守规矩，不能做不义之事。"

想过后，对王士林说："王大哥，开仗在即，你我各为其主，大道理我就不多说了，吴国主现在有难，我不能落井下石，你们走你们的通天道，跟着吴国主，我心已经坚如磐石，请你不要多说了。"

王士林说不动刘永福，带着细张三灰溜溜地滚了回去。

王士林走后，刘永福即刻将此事告诉了吴阿忠，吴阿忠拍着刘永福的肩膀说："有你这个义士，是我延陵国之福，谢谢你。"

打退进攻

王士林、黄思宏利诱不成，便开始正面进攻。

王士林率领3000人马行进至离安德七十里的龙林、三角塘处安营扎寨；黄思宏率2000多人扎在离安德只有十里路的打鹿村，和吴阿忠的人马只隔了一个小山包。

黄思宏抢功心切，刚驻扎下来建好两米高的围栅，就对安德发动

了进攻。

吴阿忠派出刘永福接仗。

两队人马相互叫阵，刀枪齐用，一时间，人叫马嘶，烟尘滚滚。

刘永福人马个个奋勇向前，跃入敌阵和黄思宏的人马进行殊死撕杀，杀死黄思宏的人马不计其数。黄思宏看到情况危急，连忙下令部下撤回围栅内。

连续数日，如出一撤，先是黄思宏的人马来叫阵，吴阿忠这边刘永福队伍出阵，敌人输了就退回围栅内，刘永福人马鞭长莫及，只好徒呼奈何。

刘永福分析了敌我形势，心里想：黄思宏自持人多势众，不停地攻打我方，就是是想通过持久战拖跨我方，后面还有虎视眈眈的王士林随时发起进攻，必须及时解决黄思宏，要不，时间一长，军心就会涣散。

想过后，对吴阿忠说："吴国主，我请求带30名敢死队今夜偷袭黄思宏的营寨，打开栅门，你带着大队一齐攻入，打他个措手不及。"

吴阿忠说："我也正有此意，你就去具体安排吧。"

刘永福领了任务，回来和王者佐商量人选。

王者佐说："黄思宏是上思州秀才出身，但所作所为为人不耻，最怕别人揭他的老底，今晚，趁着你们攻打，我到阵前骂他一顿，揭开他的真面目，说不定发挥作用。"

刘永福笑着说："假秀才碰到真秀才，有得黄思宏受了。"

两人合计着挑选了30名精壮的人马，趁着黑夜埋伏在围栅外。

刘永福和敢死队员约好，鸡叫头遍则摸入围栅，先杀死巡夜的卫兵，再劈开围栅让吴阿忠所带大他人马攻入。

鸡叫第一声时，30名敢死队员嘴里衔着匕首，手脚并用攀爬进围栅内，悄无声息杀死了巡逻兵，然后用锋利的小刀削断了围栅，吴阿忠的大队人马杀了进来。

王者佐看到总攻开始，站在小山包上骂黄思宏："黄思宏你这个读书人的败类，出尔反尔，当日和王士林为争上思州霸主地位杀得你死我活，后又合谋攻打唐十二，杨二，杀死了两人，立即反目，唆使黄如晚攻打王士林。现又和王士林合穿一条裤来攻打吴国主。对方的弟兄们听好了，这样不仁不义不知廉耻之人，你们要为他卖命吗。"

正在打杀的黄思宏部听了王者佐的话，想着黄思宏往日的种种劣迹，就没心思再战了，吴阿忠的人马却是越战越勇，斩杀了黄思宏50多人，其他人看见大势已去，纷纷弃栅逃跑，一路跑到王士林扎营的三角塘才定下心来。这仗缴获了黄思宏的军旗，大米无数。

黄思宏的第一次进攻被打退。

黄思宏逃跑后，吴阿忠和刘永福、黄崇英商量："黄思宏逃回龙林，三角塘后，加上王士林的人马，足足5000人，他们是领赏攻打，粮草充足，现在盘踞在龙林，三角塘，虽然黄思宏新败，但王士林的队伍并没有什么损失，黄思宏喘过气来，肯定又对我方发动攻击，我们不如趁机出击，打他个措手不及，以免留下后患。"

黄崇英，刘永福都认为吴阿忠说得有理，准备摘日攻打龙林，三角塘。

而此时，驻扎在龙林、三角塘的王士林、黄思宏人马，四处强买强卖，一些离家日久的兵勇耐不了寂寞，到处强奸妇女，老百姓恨之入骨。

而吴阿忠的人马公平交易，不与民争利，老百姓都盼望吴阿忠部队能收复龙林和三角塘。

老百姓悄悄选出代表，找到吴阿忠，暗中将敌人的布置情况，兵力多少全部报告了吴阿忠。

吴阿忠和老百姓约好攻打王士林、黄思宏的时间。

太阳刚隐入山下，吴阿忠的人马在当地老百姓的带领下，偷偷向

虎将
刘永福
HU JIANG
LIU YONG FU

着龙林，三角塘前进，当地老百姓引导着吴阿忠的人马登上了一座大山，此山是龙林和三角塘的制高点，吴阿忠部将三门土炮抬上了大山，在大山上架好炮，龙林、三角塘刚好在射程之内。

吴阿忠站在大山上指挥，一阵炮响之后，围栅被轰开，王士林原先看到黄思宏的人马被打垮退回，早就如惊弓之鸟，现在看见吴阿忠人马从天而降，那里还有心思再战，屁滚尿流地一直撤退，先撤到归顺，刘永福的300强兵强将紧追不放，喊杀声震天，只好又退到太平州、竹朴。

黄思宏想着自己在打鹿村被打败退到龙林和三角塘，现在如果撤离，太丢面子了，便拼死顽抗，但只抵抗了五六天，就顶不住了，只好逃到归顺。

突出重围

清廷派出代理人王士林、黄思宏攻打吴阿忠部数月，屡攻不下，冯子材急了，亲自督战，同治六年（1867年）九月，督办太平镇安军务，分兵两路进攻桂西南农民军，十一月，攻下了龙州。接着派出由道员覃远进所率楚军，对吴阿忠部实行包围。

冯子材采取江北大营包围太平军步步为营的战略，在归顺州漫山遍野数十里处处搭盖栅栏，一寸寸地蚕食吴阿忠的地盘，接着，分统领覃东义、陈蔚良各领万余人攻打归顺州，吴阿忠殊死如归，率领5000多人马和清军撕杀，清军被打得狼狈撤退。

清兵虽然撤退，但由于人多势众，锐气没有受到大的影响，第二天，又发起总攻，吴阿忠亲自指挥抗敌，不幸被陈蔚良的人马抬枪射伤左脚髁，他的弟弟率领敢死队来救驾，骑着马到南门指挥，被飞来的弹片贯通击穿嘴角，另一个弟弟吴三在鱼塘边伏击敌人，被枪击倒，正好吴阿忠部撤退，被追赶的清兵斩了首级带回大营。

这一战，主帅吴阿忠受伤，一个弟弟受伤，一个弟弟战死，战争的惨烈可想而之。

吴阿忠受伤后，不能行走，所有诸事大小，都倚重刘永福，刘永福既要指挥抗敌，又要调度粮食，而且随着清军的步步进逼，粮食已经告急。刘永福想着要突围出去找粮食。

在这困难时期，吴阿忠对刘永福出现了信任危机，怕他有去无回，刘永福被困在归顺州什么都不能干，整天被动挨打，十分恼火，加上吴阿忠又催着刘永福和妹妹成婚。

刘永福心里想："自己的命现在就是系在腰带上，说没就没了，现在结婚，先不说以后吴秀英有生没生育能力，万一战死，不是害那妹子成为寡妇。这婚是怎么也不能结了。但也不敢公开对抗吴阿忠，整天找借口推托，这下更加深了吴阿忠的不满。

刘永福想到吴阿忠已经怀疑自己的忠诚，再待下去只有让两人关系更加恶劣，找了体面的借口，带着300多部下，经过浴血奋战，突出了敌人的重重包围，自此再没有回到吴阿忠部，算是和平地离开了吴阿忠。

刘永福像

虎将
刘永福
HU JIANG
LIU YONG FU

第四章　除暴安良

　　刘永福分析了当前的形势，清兵人多势众，财力雄厚，而且又抱着全部消灭农民军的目的而来，如果现在和敌人蛮干，只有死路一条，他决定避开清军锋芒，保存实力再作打算。

　　这一年，刘永福已经30岁，他回顾了自己出生入死的十年征战，追随过各式各样的武装队伍，有郑三这样一心只为自己的山大王式义军；有一心只看钱权，不管敌人战友都可以攻打的王仕林、黄思宏两支变节义军；有一心与清兵血战到底，视死如归的吴阿忠部。但从自己的亲身经历，以上所有的武装，都不可避免地找不到出路，他现在要为自己的黑旗军找一条永续的发展道路，这条发展道路，就是必须开辟自己的根据地，自己掌握自己的命运，不再听命于别人来指挥自己。

　　想过后，他对跟随自己身边的300弟兄说："现在越南地方，多被白苗，瑶人霸踞称雄，越南百姓呼号无门，越南王发兵攻击，屡战屡败。现在广西境内，全部是冯子材的兵马，处处追杀我们，广西是我们自己的家乡，不能扰乱平民的生活，我的意见，我们先退入越南，再相机行事，你等意见如何？"

　　有人担心地说："在广西是死，到越南也是死，广西大兵压境，我们不走已经没有立足之地，越南听说瘴气重，进去就身体全身发抖，无药可医，去越南也是死，况且我们从来没去过，也不知如何走。"

刘永福乐观地说："我15岁的时候曾经到越南打过工，不是每个到越南人都染上打摆子的病，我们只要小心，不被蚊子叮咬上，就不会惹上打摆子的病。越南地广人稀，山深林密，是我等藏身的好地方，如果能找到一块肥沃的土地，我们自耕自足，不受人欺压，也算不虚此行。"

手下看见他如此乐观，便都表示愿意先到越南躲一阵，待广西平静后再回来。

但到底从哪里通过进入越南，大家又莫衷一是，因为冯子材的部队在围剿广西农民军时，已经料到农民军会躲入越南，在各关卡要道层层设卡守株待兔，如果冒然过境，就等于自投罗网。

刘永福胸有成竹地说："有个地方，我们可以通过，这个地方就是大岭。大岭是进入越南必经之路，现在大岭由许元彬把守，他是钦州那勒人，与我是同乡。我们从安德到大岭只有一天路程，明天晚上就在大岭住一晚，后天就进入越南了。"

大家听了，都十分开心，原来刘永福什么都想好了，大家更加踏实地跟着刘永福。

同治六年（1867年）十二月初六日，刘永福悄悄包起黑旗，各人装扮成收集山货的乡民，分散行动，到了当日黄昏时分，大家全部安全到达大岭。

许元彬见了刘永福，老乡见老乡，分外高兴。

许元彬在大岭经营已经有十多个年头，手下有300多人马，他不官不民不贼，就是在大岭设卡收税，做买卖，各方都不得罪，不与官家对抗，体恤当地老百姓，对于各色人等有求于自己时能给予方便都会大开方便之门，人缘很好。

原来，刘永福在半个月前，就派人来打探许元彬肯不肯放行。许元彬当时提出了一个条件，刘的队伍经过大岭时，不能拿走一分一毫，若能做到，大路任走。

当时许元彬部下有很多杂音，有人说："刘永福现在是朝廷追捕之人，如果我们让他的人马通过，就等于得罪了朝廷，朝廷追究下来，会害死全体兄弟。"

许元彬听了，骂道："谁说刘永福从我的地盘经过，谁看见了，要是有一点风声走漏，我会六亲不认，大家听好了。"

头领这样说，杂音自然立即平息。

许元彬命人杀猪宰羊，让饥肠辘辘的刘永福人马美美地大块吃肉，晚上临睡时，许元彬体贴地说："知道你们一直都很辛苦，今晚我安排弟兄们为你们站岗，你们就放心睡一觉吧。"

刘永福的黑旗军突出重围后，一直在和清兵捉迷藏，靠着路熟和准确判断，东躲西藏全身而退，在没有清兵追杀的大岭能睡上一个安稳觉正是大家求之不得。

刘永福却委婉地拒绝了许元彬的好意，他说："给我们让开大路，又给我们吃的喝的，已经不知如何感谢了，这岗万万不能麻烦许大哥。"

刘永福是怕发生意外，如果黑旗军没人站岗，说不定被一锅端，他可不想出师未捷身先死。

许元彬自然知道他想什么，人情尽到了，接不接受是客人的事。

晚上刘永福也不敢把全体黑旗军集中在一起睡，而是分别在山的东西面分两处扎营，他则睡在许元彬提供的客房。他安排哥利带着十个兄弟轮流站岗，这才放心睡下。

第二天离开时，许元彬送了50两白银给刘永福，握着他的手说："有我在此一天，这路就一直为你开着，你什么时候要通过，说一声就行，这点小钱，权当给弟兄路上买水，请不要嫌弃。"

刘永福到了大岭，身上只有4000文，一直担心当晚弟兄们的吃饭问题，想不到许元彬不但大鱼大肉接待自己的人马，临行前还送这么多银子，他满眼含泪，动情地说："你这个情我记一辈子，希望有机会报答。"

许元彬说："区区小事，不足叨念。清朝腐败无能，黑白不分，我在这里目前虽然风平浪静，但也不是长久之计，你先到越南，找好了地方，以后我去投奔你。"

刘永福回答说："如果我能站稳脚跟，欢迎许哥随时过来。"

历史往往由偶然性与必然性书写，刘永福在自己人生的关键时刻又进行了一次重要的选择。

刘永福人马离开大岭，昼行夜宿，过横球圩、玻璃圩、野圩，行程12天，路上全靠许元彬支助的50两银子勉强填肚子，第13天，终于抵达此行的目的地苏街大圩。

孤枪显神威

宣光是越南北部的边塞大省，为水陆交通枢纽。陆路可达中国云南、广西两省，水路可顺红河直抵河内，苏街大圩则是宣光的一个重镇，与六安州相邻，六安州下辖六董，每个董又辖30余社，在刘永福到来之前，六安州属于盘文义的势力范围。

这里聚居的大都是越南的白苗族居民。

盘文义原来也是广西人，入越后在六安州自封为总督，并层层封官许愿：文的动则巡抚、按察、府州县官，武则都统、统余，督统头衔。

盘文义此人心狠手辣，有谋略，胆子贼大。

对外，他根本不把越南王朝放在眼里，拥兵3万，占山为王，称霸一方。对内，则残酷盘剥白苗人民，纵容手下奸淫妇女，强买强卖，做尽坏事，白苗百姓敢怒不敢言。

由于他在白苗族作威作福多年，百姓惧于他的淫威，只好任由他驱使卖命，成为对付越王兵马的人质，生活在暗无天日中，对盘文义及其治下的各路官员恨之入骨。

越王多次派兵围剿，无奈山高林密。而且盘文义的兵都是白苗百姓组成，放下枪就是平头百姓，要抓人，除非杀死所有的百姓，盘文义利用百姓作掩护，一次一次打败了越王的人马，根本不把越王兵马放在眼里。

刘永福到达苏街大圩后，即宣布纪律约束部下：不得强占民居，不得以强欺弱，对平民除非遇到生命危险，不得使用武器，不得扰民，买卖做到公正公平，不得强买强卖，凡违反者重则处死，轻则辞退。

刘永福严明的纪律，和盘文义的胡作非为一对比，老百姓自然喜欢和刘永福的人马交易，遇到争讼，也乐于请刘永福的人马调解。

这下可得罪了盘文义，他恨恨地想：在我的地头敢太岁头上动土，活得不耐烦了，300区区之兵，想和我几万兵力对抗，自找绝路。

想过后，便开始派出手下1000人攻打刘永福驻扎的苏街大圩，刘永福以300之兵，对抗盘文义1000之众，盘文义根本占不到便宜。

他们每天来攻打一次，打输了就奔回山麓。小股白匪来来回回攻打苏街大圩十多次，每次都被刘永福的人马打败。

这下，盘文义才清醒过来，遇到利害角色了，为了将刘永福的人马全歼，只好暂时收兵回营，召集文武百官商量如何才能收拾刘永福。

会上有人说："这个刘永福号称300人马，其实最多也就是200人，这点人马，在冯子材几万大军包围下能突出重围，又能顺利通过边境进入越南，看来能耐不少，如果我们采取小股兵力作战，不是他的对手，反而让他打出了名声，现今之计，就是要利用我方人多势众的优势，一鼓作气歼灭他们。"

盘文义听了，思考片刻，对手下说："这些天我们老是打不下苏街大圩，是有内鬼，白苗人在帮刘永福，若要斩草除根，就得断了苗人支持刘永福的后路。"

这次会议后，盘文义调集500人，分头到各村各寨宣布，内容为："现大兵数万，攻剿黑旗军，于三天后准时到达，各乡村民切勿助逆，并各宜预期筹办猪牛酒米，供给予之大军，不可稍有缺乏，不执行者严办。"

同时，为了激将刘永福，请手下修竹片写上字："我白苗各官，统大兵千千万万，万万千千，三万有一，准于三天后到，与你黑旗军请安。"

刘永福接到盘文义的挑战书，想到敌人这番兴帅动众而来，人数众多，供应充足，这番来头，绝不可能以前番的小打同日而语，是打还是溜，一时拿不定主意。

便召集部下几个得力干将农秀业、王者佐、哥利来商量。

王者佐现在已经成了刘永福的重要谋士。

他对刘永福说："你的志向是在越南找一块地立足，苏街大圩正是立足的好地方，四面山高林密，土地肥沃，远离越南中心，离祖国又近，进可以攻，退可以守，盘贼如此猖獗，一次次进攻我们，如果这次逃跑，虽然能躲过重兵，但只能躲过一时。我的意见，要智取，就是要躲起来，也要先给敌人点颜色再跑。"

哥利说："我听二哥的，打就和盘文义拼个鱼死网破，跑，收拾一下立马上路，不过，我想，三十六计中总有一计对付盘文义。"

农秀业则说："两军对垒拼谁狠，穿鞋的怕脱脚的，我们烂命一条，妻小又不在身边，无所顾忌，而盘贼在宣光吃香喝辣，享不尽的荣华富贵，开打时，我找几个不怕死的弟兄，悄悄摸进他们的大营，将盘贼擒来见义哥，事情就好办了。"

刘永福说："你们陪我出去走走，我再想想。"

　　说完，四个人踏出栅外（刘永福进入苏街大圩不久，即在一座高山下修建了栅栏，全体黑旗军集中居住于此）。

　　栅栏前有红河分支流过，水质清澈，可直接饮用，坡地肥沃，黑旗军种下的大白菜、萝卜已经绿油油一片，河边的番薯滕爬满一地，丰收在望。更远处，大片的稻田已经收割完毕，稻田里长出了五六寸高的杂草。

　　四人一路走着，刘永福突然问大家："每次盘贼攻打我们，败走的时候总是贴着山边跑，转眼间就跑进了树林里，我们可不可以在路上想些办法。"

　　王者佐听了，一拍大腿说："有办法了，我们在路两边撒些碎玻璃，让盘贼手下全部受伤。"

　　刘永福听了，眼睛一亮，但很快的又暗淡下来，他说："主意是好，但哪里找这么多玻璃，玻璃大了敌人容易发现，小的对敌人杀伤力又不大，起不了作用。"

　　回来的路上，刘永福对农秀业说："你给我去干件事。"

　　农秀业原是吴阿忠最得力的部下，比刘永福小两岁，他佩服刘永福讲诚信，重道义的品格，在突围时跟了刘永福。

　　当初刚到越南时，为了让刘永福能在苏街大圩站稳，他差点就杀了驻扎在苏街大圩的另一股农民军首领邓志雄。

　　邓志雄也是广西众多农民军的一支，突出重围后带着100多手下进入越南，已经向越南表示了臣服，成为越南在苏街大圩的一名地方小官。也就是充当苏街大圩的地方警察，干些维持社会治安的事。

　　这人心地善良，没干什么坏事。农秀业的提议自然遭到刘永福否决："我们初到越南，人生地不熟，要以讲义气，重信用立身，如果我们杀了邓志雄，名声在江湖上传出，以后谁也不会看重我们，有困难也不会有人帮我们，这绝对不行。"

刘永福后来便和邓志雄相互照应，像亲兄弟一样，邓志雄在刘永福遇险时，多次支持，两人成为真正的好朋友。

经历了这件事，农秀业更加佩服刘永福，刘永福讲义气，重诚信的声誉由此传开，由于二和义同音，久而久之，大家把刘二都叫成了刘义，所以农秀业才称呼刘永福为"义哥"。

现在刘永福叫他去办事，自然坚决执行。他问："义哥，叫我去办什么事？"

刘永福说："你带几个兄弟去斩竹，将竹枝修尖，大约要600枝，每枝长六寸，修好后，把附近六个村庄的董长找来，叫他们分到各家各户，照着样子做，能做多少就做多少，明天早上九点前全部交上来，并且每董选出50名好劳力，到我处报到，有任务要交给他们。"

刘永福在苏街大圩站稳脚跟后，由于公平买卖，不恃强凌弱，对当地百姓多方关照，百姓能过上安定的日子，苏街大圩周围村庄的百姓都成了他的支持者，遇到麻烦事都找黑旗军，黑旗军有些杂事，也请苏街大圩百姓帮忙。

第二天，各村百姓按要求担来了削好的竹签（将竹子一端修得尖而锋利），人员也全部到齐。

刘永福走出栅栏，双手抱拳对300名百姓说："盘贼文义，昨天给我们送来了战书，要和黑旗军决战，黑旗军只有300多人，盘贼人数3万，真正以一敌百，为了消灭盘贼，请求大家帮我们把这些修好的竹签都插到山脚两旁，让盘贼人马尝尝竹签的滋味。"

百姓听说盘文义的人马立马要攻打苏街大圩，担心自己的家园被毁，听了刘永福的话，知道帮助刘永福其实就是帮自己。

于是大家便纷纷挑起竹签到山脚两边去掩埋，离五六寸远插一支，绵延近一公里，插好后铺上一层干草盖上，没有竹签的地方用青草作标记。

晚上，刘永福对300多兵力进行了布置，他对几个重要干将进行了分工，他对农秀业说："你带100人，给你配前几次缴获的白苗长枪100枝，长枪要入足铅弹，埋伏在沿路山上，居高临下，敌人进入埋伏就往死里打。"他接着给潘哥招安排了任务："潘哥招你带100兄弟翻过大山绝断敌人后路，将撤退的敌人驱赶至埋设竹签之区域就算完成任务。剩下的人马撤到后面的小山坡上，我们仅有的两门大炮将抬到山上，专门攻打进攻的敌人。"

刘永福布置了作战任务，接着又动员说："盘贼这次倾巢出动，表面上轰轰烈烈，人多势众，但真打起来，为他拼命的人不会多，我们黑旗军士气高涨，苏街大圩是我们的家，为了保家，也要和盘贼血战到底，大家分头回去对弟兄们讲清道理。要沉着应战，敌人进来后，先让他们乱放枪炮，消耗他们的枪弹，我们按兵不动，他们不知道我们的底细，必定拼命放枪放炮，想把我们赶出来和他们正面决战，大家千万不要上当，他打他的，时候未到，我们不用理会他们，让他们打完后，放松警惕之时，我们再来收拾盘贼。"

各将领领了任务，自然不敢大意，大敌当前，迎战工作做细一点，牺牲就会少一点。

大家按照刘永福的计谋给部下布置任务。

早上鸡啼过三阵，两队人马悄悄出了栅栏，分别到指定地点埋伏。

刘永福带着100部下全部离开栅栏，埋伏在离栅栏50米的一个小山坡上。

这个小山坡高度100多米，各种奇石琳琅满目，100多人躲在山上，山下的敌人很难发现，两门山地炮已经架好，严阵以待。

是日，天刚刚睁开眼睛，浓浓的山雾还没有散尽，盘文义的人马便大摇大摆地向苏街大圩方向开来，各种红黄蓝旗招展，白苗分成三个梯队前进，前面的一大队，抬着几十面大鼓，鼓手腰上系着红绸缎拼尽全力擂响大鼓，响声震天动地，吓得早起的鸟儿惊慌失措地到处乱飞，村民早已经躲进了深山。收割后的稻田被乱哄哄的声音吵醒，田里的杂草在风的鼓动下不停地摇头晃脑，似乎想抗议这些杀戮之徒搅醒了它们的好梦。

有人大声吼叫："黑旗军快快出来受死，可保你们全尸，负隅顽抗者将剁成肉坭。"

敌人为了壮胆，喊杀声此起彼伏，前后呼应，刚进入山脚，便迫不及待地乒乒乓乓放起枪来，大炮也开始乱轰。

枪弹如下雨一样倾泄到路面上，敌人乱放了一阵枪炮，黑旗军岿然不动。

盘文义以为黑旗军因为害怕撤离了，哈哈大笑着对身边人说："谁说黑旗军不怕死，老子一出动，他们就吓得屁滚尿流全跑了，给我踏平栅栏，一把火烧了，我看刘永福能在哪藏。"

他的手下听了吩咐，便拼了命向栅栏扑来，越来越近了，农秀业的人马已经能看清白苗的嘴脸，农秀业把右手拇子和食指圈在一起，放到嘴边一吹，清脆的声音在这个早上特别响亮。

黑旗军听到发起攻击迅号，上了膛的枪枝便一齐向着行进中的白苗射击，一阵猛射过后，白苗倒下了100多个，此时刘永福埋在小山后面的大炮响了，愤怒的炮弹不停地向哭爹喊娘的白苗倾泄而下。刘永福对炮手下命令："打中路。"炮手便向着路中间轰炸。

白苗下意识地向山路两边躲闪，于是竹签便显出了它的神威。

白苗因为都是生活在深山老林里，平时很少穿鞋，五六寸长的竹签一下插进脚板，鬼哭狼嚎，一时又拔不出来，你踏我，我踏你，挤成一堆，就像黄蜂入巢，蚂蚁结堆，自相践踏，死伤无数。逃脱的跑到半路，又被潘哥招的枪弹猛射，无处抵抗，又被赶入竹签阵。

盘文义看到死伤惨重，立即组织白苗用大炮强轰拼出了一条生路，

虎将
刘永福
HU JIANG
LIU YONG
FU

带着残部逃跑。

此战，从早上七时开始到九点结束，最后清扫战场，共毙白苗5000多，活捉者100多名，伤者不计其数。

凡生擒和伤者，刘永福命各人自断手指和剃光头发，将手指和头发挂在栅栏外，警示其他白苗。

经过这战，所有六安州周围的村庄，不论远近，都派出代表来向刘永福表忠心，甘愿臣服，情愿供应粮食，以求保护。

小小竹签杀得敌人人仰马翻，死伤惨重。

黑旗军论功行赏，立头功的农秀业升为管带，其他人等也得到相应的奖赏。

黑旗军这一仗，创造了以少胜多的奇迹，惊动了越南王朝，为后来黑旗军与越南王朝合作打下了契机。

在大好形势下，刘永福举行了一次重要的会议。会上，刘永福提出："栋冷离六安州只有十里路，但靠近盘文义老巢，欲要剿灭盘文义，必须压缩他的活动地盘，我决定派出一支黑旗军驻扎在栋冷，现在听听大家的意见。"

他的话音刚落，农秀业霍地站起来，拍着胸脯说："义哥，栋冷就包给我吧，你给我200名黑旗军，半年内，我保证占领盘文义的老巢。"

刘永福一听农秀业的话，内心偷偷地笑了，他在召开会议前，一直在考虑派谁去，想来想去，感觉只有农秀业进驻栋冷最能成事，他召开这个会议，是想看看有谁能勇敢地站出来承担这个重任，想不到农秀业第一个就站了出来。

其他人听了农秀业的话，都齐说："我去，我去。"

刘永福为了试试部下的战略战术，便说："好，你们都说说怎么消灭盘文义，谁的办法好，我就派谁去。"

区二说："我到栋冷，先建好坚固的营寨，然后分出多支小分队，日夜搔扰盘贼，让他不得安生，在他最疲倦的时候，出其不意发起攻击，将盘贼一网打尽。"

何亚木则说："我派人打入内部，在盘贼的饭菜中投毒，让他死也不知为何。"

黄二说："我派人先把盘贼抓起来，逼他们退出营盘作为交换条件，要不就杀了盘贼。"

还有好几个黑旗军大小头目都说了自己的计谋，刘永福听了都感觉不错，各有各的优缺点。

他最后把目光投向农秀业："你说半年攻下盘贼的老巢，你的计谋是什么，说出来大家听听。"

农秀业红着脸说："天机不可泄露，如果硬要我说，其他弟兄先散了我才说。"

大家轰的一声，纷纷说："农哥不够义气，我们的都公开了，为什么你要保密。"

农秀业说："人多嘴杂，就会走漏风声，对不起弟兄们，为了消灭盘贼，我们得事事提防。"

刘永福听了，宣布说："现在我命令农秀业带200黑旗军，明天出发占领栋冷。"

这事定下来后，农秀业第二天即率队到达栋冷驻扎。

农秀业驻扎在栋冷，就像一根刺扎在盘文义的心上，新败退回来的盘文义整天坐立不安。

当时，他在靠近红水河的大山边驻扎，整天想着如何消灭农秀业。于时多次倾巢出动攻打农秀业，农秀业用游击战术，敌人进攻就躲入栅栏甚至深山，敌人撤退就跟踪追杀，盘文义损失惨重。

盘文义从此以后躲在红水河一带，不轻易出动，农秀业利用这难得的空隙，组织黑旗军进行生产自救，解决粮饷问题。

虎将
刘永福
HU JIANG
LIU YONG FU

假手杀盘贼

盘文义的军师名叫覃采元，他是广西人，和农秀业是同乡，早年犯事潜入越南，由于谋略有方，被盘文义选为军师。他人机灵，办事妥当，深得盘文义信任，十几年下来，已经成为盘文义的心腹。

刘永福的孤枪阵折杀了盘文义的大队人马后，盘文义怨恨覃采元没有尽到军师的责任，对他日渐冷淡，很多机密之事都不让他知道。覃采元知道盘文义毒蝎心肠，害怕有朝一日被杀，整天战战兢兢生活着。

现在看见盘文义被农秀业折磨得苦不堪言，整天疲于奔命，只好躲在苗寨不敢出门，料盘文义的好日子到头了。便想着要投靠别人找条生路，想来想去，农秀业是同乡，也只能投靠他了。

但覃采元毕竟在盘文义手下混了多年，所干的坏事何止千千万，要是空手投靠，也不知农秀业肯不肯收留，苦想多天，决定为农秀业献计除了盘文义，立个大功作见面礼。

于是悄悄派人给农秀业传话，说自己有办法除掉盘文义，但得给他奖赏。

农秀业一听，自然高兴，但又不敢作主，即刻派人到六安州报告了刘永福。此时刘永福已经和越王的使者接了头，刘永福愿归顺越王，为越王剿灭盘文义。

越王为了表示诚信，还任命刘永福为宣光团勇头目，他正在思考如何打败盘文义，有人献计，自然高兴万分，当即传话给农秀业，叫他和覃采元直接联系，只要能杀了盘文义，奖黄金百两，同时报请三圻巡抚给覃采元百户之职。

农秀业得到允许，选了一个日期和覃采元见面。

见面地点选在盘文义和农秀业阵营的中间地带，那天，农秀业带着几个手下，装成上山打猎，与覃采元在一片密林里会面。

农秀业看见来者是一个四十多岁的男人，此人两颊突出，后背见腮，眼光四处躲闪，不敢正眼看自己。

一看就是小人一枚。心里不太踏实，也没有主动提杀盘文义之事。

覃采元毕竟是见过世面之人，何其机灵，看见农秀业没有主动提出来，知道他怀疑自己能不能杀盘文义，生怕夜长梦多，反被盘文义所杀，只好说："农管带你的目的是杀了盘文义，只要你点头，人，我负责杀，你兑现奖赏和收留我就行了，有什么不放心的呢。"

农秀业听了，心里想："管他小人不小人，他能杀掉盘文义，我就给他黄金，杀不了作罢。"

想过后，便对覃采元说："义哥答应你，如果杀了盘贼，给你黄金百两，还请巡抚给你百户的官职，你自己相机行事，不要打草惊蛇，以后更难下手。"

说完给了覃采元50两黄金作为定金。

覃采元拿了黄金，回到盘文义的大营，有天晚上，瞅准盘文义独自一人在房间里喝酒消忧，从背后用绳勒了脖子，盘文义到死都不知道是谁对自己下手，也是罪有应得。

覃采元割了盘文义首级，直奔农秀业而来，农秀业给了他如下的50两黄金，对他说："义哥很快就给你争取百户官职，你就等着好消息吧，反正马上就有任命下来了，你就等着享福吧，我这地方小，你这样雄才大略的人施展不开手脚。"

覃采元听说百户的任命马上下来，也不稀罕做农秀业的手下，假情假意谢了农秀业，便离开了拣冷。

刘永福知道了，表扬农秀业说："你这样处理很好，小人不能养熟，今天能割盘贼的头，往后也能割我你的头，做叛徒的人不能深交。"

盘文义被杀后，他的手下四处逃潜。

刘永福想，贼头虽然被诛杀了，但大大小小各级官吏如不及时捉拿归案，终究是心腹大患。

正好各董父老担心盘文义手下报复，来求刘永福要将这些人尽快抓捕，让百姓放心。

刘永福便分头派人四处贴告示，限期投案自首，可以从轻发落。

同时派出农秀业带队到各处捉拿，将苗官全部抓获。

刘永福将一干人等交给三圻巡抚惩罚。

从此后，白苗百姓对刘永福的黑旗军既敬又怕，全部归顺了黑旗军。

黑旗军声威大振，成为越王倚重的力量，刘永福被授百户衔。

越王多次嘉奖黑旗军，三圻巡抚更是称赞说："得义来除巨患，万民感激，朝庭倚若长城。"

开辟根据地

平定盘文义后，刘永福队伍驻扎在六安州两年，开荒种地，公平买卖，六安州风调雨顺，人民安居乐业。

此时，许元彬在广西边境处境艰难，清兵大兵压境，边境线上已经没法立足，探听得刘永福已经在六安州安定下来，便带了自己的手下来投奔刘永福。

此时的刘永福正在筹划一件大事，正是用人之际，自然高兴许元彬的加盟，何况当年在自己最狼狈之时，许元彬大开方便之门和赠银之恩，刘永福一直感恩于心，现在有机会报答，自然张开双臂欢迎许元彬。

刘永福要干的大事，就是要开赴保胜。

许元彬的人马安顿下来后，有一天，他把许元彬和农秀业招来，对两人说："大丈夫事事当求进步，若固守一隅，未免浅狭之见。六安州粮食虽可敷用，若得保胜，局面宽大，比诸六安州较胜万万矣。"

为了顺利夺得保胜，他对农秀业说："你的队伍随我进保胜，驻防交由元彬执行。元彬你责任重大，如果我们能攻下保胜，有了新地盘，六安州以后就交你驻守。"

大计定下来后，刘永福经过周密布置，先派出许元彬接管六安州，自己则领着300多人加上农秀业的200多人驻扎离栋冷70里的宝河关，接着又进驻龙鲁，在龙鲁修造营寨。

霸占保胜多年的地方土霸何均昌看见刘永福的黑旗军一步步蚕食自己的地盘，急了，他的谋士忧虑地说："刘永福一步步靠近保胜，司马昭之心，路人皆知，他的目标就是要抢保胜，如果我们不先下手为强，下一步必定被他打败，现在必须趁他立足未稳，一举发兵将他打败。"

何均昌听了谋士的话，决心消灭刘永福。

于是，即派出他手下最得力的两员大将，陶五爷和刁五爷各带五六百人，开到与刘永福驻扎的龙鲁一河之隔的对岸，日夜修筑工事，工事刚刚完工，就在河对岸开始叫阵。

送上来的时机，刘永福自然不放过，刘永福率领全部黑旗军杀过河对岸，黑旗军如猛虎下山，以一顶十，何均昌的人马都是些地痞流氓，平时仗势欺人，像黑旗军这样的勇猛之师哪里见过？

黑旗军第一次冲锋，就杀了何均昌人马四五十人，第二次再攻打，又杀了几十，没死的何匪，早已经吓得屁滚尿流逃跑。

此战，刘永福的黑旗军收缴了大量的枪支弹药和堆积如山的粮食。

打败何均昌纠集的队伍后，刘永福公开在龙鲁设卡抽取税银。

当时，云南所属的开化、木厂、马白、新街，林安等处，经常有牛车来越南运盐，刘永福初立规矩，每100斤盐收取烟土二两，杭州经过的丝绸也实行抽税，这些税银，有效地保证了黑旗军的后勤供给，

虎将
刘永福
HU JIANG
LIU YONG FU

为黑旗军健康发展提供了物质保证。

同治七年（1868年）六月刘永福带着农秀业进入保胜，经过三个多月攻打，大大小小的战斗不下十次，其中最著名的有龙王庙之战。

何均昌得知刘永福部驻扎在龙王庙，即命令他的部下杨明到云南招上方佬1000多人，偷袭龙王庙。

这龙王庙前有一大田峒，刘永福组织黑旗军越过田峒反攻，云南上方佬只为钱而战，遇到强敌就溃退保命，根本无心恋战，结果又被黑旗军打败，何均昌经过两役，有生力量基本被击溃，后来只好投靠黄崇英，同治九年（1870年），刘永福与何均昌搬来的黄崇英救兵大战于保胜，刘永福击败黄崇英，真正占领了保胜，这一年，刘永福33岁。

保胜是越南北方一个重镇，是越南红河和我国云南南溪河的交汇口，贸易位置十分重要，无论是越南货物和人员进入云南，还是云南的人货进入越南，都要经过保胜，扼住保胜，就有了源源不断的税收，这是黑旗军能够长远发展的大战略，也是关系到黑旗军生死存亡的根据地。

接着，刘永福又受越王所邀，大战黄崇英。

刘永福和黄崇英本来都是吴阿忠的部下，突围转战越南后，黄崇英在河阳立足，是当时进入越南最有实力的一支农民武装。同治九年（1870年），冯子材奉命入越围剿黄崇英，派出得力部下杨瑞山，冯月亮前往保胜见刘永福，动员刘永福协同攻打黄崇英，刘永福考虑到帮助冯子材，事实也是帮助越南和自己，如要在越南长期生存，没有越南的默许，就很难立足，遂同意配合冯子材攻打黄崇英。

从1870年到1875年，前后五年间，经过无数次惨烈的战争，终于剿灭了黄崇英部，黄崇英被生擒并处死。

刘永福进一步在越南站稳脚根，原来投入越南的农民军很多支队伍投到刘永福麾下，其中就有三员后来在抗法斗争中发挥重要作用的头领，黄守忠部、吴著恩部、吴凤典部，特别是黄守忠部，一下子拉来了1000多人，刘永福队伍一下子壮大了几倍。

越南政府对刘永福黑旗军快速壮大保持高度警惕，既想让黑旗军为自己所用，又怕黑旗军尾大不掉，这从越王的一次谈话中略知一二："帝曰，以蛮攻蛮，一要著也，可善激用之，但野性难驯，勿使过望，转成难制。"[1]

由于越南担心刘永福坐大，黄崇英被消灭后，越王便想着要赶跑刘永福，将刘永福迁至人穷地瘦的太原。

刘永福经历血与火淬炼创建的根据地，不可能拱手让与他人，他据理力争："若处之于太原，无以谋生。"表面请求安排到海宁，暗里按兵不动。

正在这时，法国发动了侵略越南的战争，越南急需刘永福黑旗军抵抗法军，不想激怒刘永福，迁离保胜之事才不了了之。

刘永福故居二门

---

(1) 嗣德王二十三年八月谈话录。

第五章　法寇克星

　　法国对越南一直虎视眈眈，恩格思曾经在给友人的一封信中说过："法国现在直接地毫不掩饰地在突尼斯和东京（指越南）所进行的殖民活动，乃是殖民运动的最新形式。"

　　这种形式就是以资本输出为主，以掠夺别国土地为目的的侵略。

　　法国侵略越南的最终目的就了为了吞并中国领土，这个可以从法国驻交趾支那总督迪佩雷在《致法国海军和殖民地部的信》中得到证实："我们在同中国接壤的这个富饶地区安营扎寨，对于我们将来对远东的统治来说，乃是一个生死的问题。"

　　由于目的明确，1856年，法国远东舰队炮击土伦港，揭开了武装侵略越南的序幕。1858年，两名西班牙传教士被阮朝政府处决，法国认为时机来了，于是与西班牙打着惩罚凶手的大旗，联合出兵越南。法西联军一度占领岘港，后转而攻取南圻。接着，法军又用武力侵占了南圻东部的边和、嘉定、定祥三省以及昆仑岛。嗣德王派遣潘清简、林维浹前往法、西联军占领的西贡谈判。6月5日，与法西两国签订了《西贡条约》，法军依据此条约，再次侵占南圻西部的永隆、河仙、安江三省，几年时间，全部占领了越南南圻。

　　南圻六省成为法西殖民地，但法国仍欲壑难填，现在又把目光盯上了越南北圻。

为首者，便是法国商人堵布益。

都布益出身于商人世家，早在1861年就已经开始在中国做生意，经常出入中国云南，看到中国资源丰富，两眼贼亮，为了就近取得中国的资源，他早就筹谋以越南为根据地，通过红河水运直接进入云南，直达中国各省大发横财。

为了实现他的雄大目标，1873年3月底，堵布益带着四条船和150多人，经由中国云南省回到河内。

堵布益此人老谋深算，平时喜怒不形于色，表面上给人礼数周到，尊重他人的感觉，很多人都被他的外表迷惑甚至骗了，聪明如刘永福，也曾经上当。

同治十年（1871年）堵布益为了查清红河到云南的水道，借道保胜时，由于当时他的狼子野心还没有暴露出来，驻守在保胜的刘永福对他过保胜极尽关照，甚至派了十多个人护送他安全通过保胜全境。

他从中国回河内期间，开始还伪装得很好，想和河内官员搞好关系，但此时河内的官员已经识破他的真面目，捉了他的几名亲信。

这下，他再也伪装不下了，真面目便暴露于光天化日之下。他带着一队法国兵气势汹汹地到河内越南官邸强行要人，扬言烧了官邸，并狂妄地下令射击越南军事基地。

在经过黑旗军驻防地馆司关时，因为刘永福不像前次一样送米送肉，卖给他的粮食照市价收钱，这就更加激怒他，他狂妄地叫嚣："如果你们试试和我捣乱，我将从老开至河内全区把你们歼灭净尽。"

堵布益的嚣张激怒了越南河内官员，他们直接派员到交趾支那总督迪佩雷处告状。

堵布益知道了消息，也向迪佩雷告状。请求迪佩雷派出部队帮助他对抗越南。

虎将
刘永福
HU JIANG
LIU YONG FU

迪佩雷早就存有吞并北圻的野心，有了这个由头，便假称派员调解双方争执，暗地里是想查明北圻情况。

于是一个人走上了前台，这个人就是法国上尉军官安邺。

他给安邺下达了两个指令，一是调查堵布益对抗越南的原因和河内当局对于堵布益的指控，二是调查河内对外贸易情况。

安邺带着56名法国兵到了河内，自己加塞私货，他在张贴的《告东京民众书》中，大大咧咧地公告天下："我的使命还有另外一个目的，主要乃在于保护商务，在法兰西的保护下，把这个国家及其河流（指红河）向各国开放。"

河内当局自然没有人买他的账，他接着又发出了商约五条，限令河内当局在同治十二年（1873年）11月19日接受条款，否则就带兵捉拿河内巡抚。

巡抚房也算有骨气，对他的威胁充耳不闻，并且做好了抗击的准备。

11月20日早上5时，安邺悍然发兵攻打河内城，河内巡抚阮枝方亲自率越南兵迎战。但为时已晚，法军陆军在炮兵的掩护下，已经到了城下，城墙上的大炮已经失去作用，阮枝方的儿子也就是附马爷阮林亲自在城南门督战，被法军开花大炮击中，重伤身亡。阮枝方受重伤后被活捉，虽然得到法国兵优待，但他坚决不肯治伤，不吃法国米，坚决绝食，最后以身殉国。

这一仗，河内城越兵5000人，被打死80人，300受伤，而法军只有300人。

虽然北圻的越南官军有5.5万人之众，但这些军队"有事应敌，无事屯田，终岁未尝训练"，几无战斗力可言，在侵略者的枪炮前，要么一触即溃，要么望风而逃，使得只有不到300人的安邺特遣队在短短的一个月内接连占领河内、海阳、宁平、南定四个省会，所向披靡。整个越南北部象熟透的桃子任由安邺采摘。在短短20天内，安邺扫平了东京三角洲地带，并快速地组织起一个由法国人操纵的行政机关，开始实施安邺的通商计划。

罗池杀安邺

安邺的步步进逼，吓傻了越南王，他立即派出陈廷肃为代表奔赴河内谈判，命令黎竣为全权代表，阮文祥为副代表，奔赴法国总领馆讨说法，同时，任命附马爷黄佐炎统督北圻军务，严防死守北圻，等待双方谈判结果。

黄佐炎统领北圻军务，驻扎于保胜的黑旗军自然成为黄佐炎统领的部队。

黄佐炎和刘永福在围剿黄崇英的战斗中结下了友谊，刘永福的几次升职，黄佐炎从中起到关键作用。

现在两人又为抗击安邺走到了一起。

刘永福愿意追随黄佐炎抗击法军，于公来说，他已经接任了越南官，越南有难，他应该挺身而出；于私来说，看着安邺疯狂地到处攻城掠地，攻击保胜是迟早的事，而保胜是他经过九死一生的奋战，牺牲了不少弟兄创下的根据地，为了保立身之地，他也要奋力反抗。

他接受黄佐炎的命令，在兴化省调集人马，制作旗帜，率领黑旗军500多将士，经过山西进兵丹凤县，在丹凤县休整两天，由丹凤入怀德府。

吴凤典接到刘永福指令，带着500多人来参战。

吴凤典是广西上思县那琴乡上伴屯人，出生于1840年，清咸丰十一年（1861年），21岁的吴凤典加入吴凌云农民起义军。起义失败后，散落越南，吴凤典聚集五六十人，自任首领。10年后，也就是同治十年（1871年）从东潮（越南地）率队伍到保胜投刘永福，被刘永福任

命为黑旗军左营管带。

吴凤典对刘永福忠心耿耿，敢打硬仗，判断准确，行动敏捷，深得刘永福赏识。

经过刘永福从中作媒，吴凤典娶刘永福妻妹为妻，亲上加亲，凡有大仗硬仗，刘永福必派吴凤典打先锋。

吴凤典这年33岁，正是最有战斗力的年龄。

凌德选、班晚各带二三百人来助战，三队人马共有1000多人，加上刘永福自带500人，总人数达到1500。几队人马会合后，奔赴离河内城约十里的罗城扎营，作为对敌先锋，而黄佐炎带领的越南官兵则守在离黑旗军后二三里扎营，作为第二梯队。

都说重奖之下必有勇夫，黄佐炎深谙此道，当晚则公布赏格：斩法军首级一颗，赏银150两，一画加10两，二画加20两。

所有后勤保障工作都由越南兵负责，让黑旗军没有任何后顾之忧，全身心投入抗敌。

同治十二年（1873年）12月21日一早，一部分黑旗军开始袭击河内城。

得知越南军队攻击河内的消息，安邺丝毫不以为意。此时由于占地太广、兵力分散，而从西贡乘运输船"萨尔特"号赶来的230名法军还在大海上飘摇。安邺手下只有25名法军和一些外籍雇佣军、天主教徒武装。但安邺并不把越南兵的进攻当作一回事，之前越南官兵的表现让他深信，双方交战时只要他放上几炮，越南官兵就会逃之夭夭。

此时的安邺正发着一统北圻的春秋大梦。

早上九点，安邺气势凌人地与越南派遣的全权大使陈廷肃摆开谈判桌要举行谈判。

在安邺心中，所谓谈判，只是个形式，被打败之兵，还有什么条件谈判？最终谈判结果将会与法方列出的条件执行。

安邺示意谈判正式开始，越南几位代表看到摆在桌面上的法文，面面相觑，不知所云，安邺冷笑着说："谈判也要派个懂法语的来吧，你们连法语都不懂，怎么谈？"

陈廷肃拂袖站起来说："既然法方有意用法文为难我方，是有心挑事，谈与不谈，悉听尊便。"

正在僵持不下，一阵声音由远而近传来："安邺速速来受死。"

此时一个法兵神色慌张地跑到谈判室，腰杆一挺："报告，黑旗军已越过纸桥，正在向我方攻击，誓言要和我们决一死战。"

安邺收起摆在桌上的文件，傲慢地说："我先收拾黑旗军再回来谈，你们等着。"

说完，离开谈判室，走出门外，对十几个法国兵说："拿起枪，跟我出去消灭黑旗军，把大炮拉上，出发。"

他的副手班尼看到安邺视打仗如儿戏，心中生出不安，急急忙忙招呼30多个外籍雇佣军和天主教徒武装跟上安邺。

安邺带十几名法兵冲在前面，已经杀出城来，不出他所料，对面的黑旗军立刻向后退去，法军立刻追杀而来。

当法军追杀到纸桥附近时，早已埋伏多时的黑旗军主力立刻一涌而出。这是刘永福为安邺设置的葬身之地，黑旗军利用人数优势、使用刀矛近身肉搏，法军的枪弹火器无法发挥，双方很快进入了白刃战。

一方是骄狂自大，另一方则是张网以待，安邺在黑旗军的重重包围掠战中，拼命反击，突出了包围，他沿着纸桥左边的堤坝想退回城内，不料脚一歪，陷进了堤坝内，这么好的战机，黑旗军自然紧紧抓住，此时，只见一个伟岸的身影迅速一跃而出，像猛虎下山一样扑向安邺，近了，近了，死到临头的安邺看见一个大汉向自己扑来，拼了命想拔出陷在坝中的双脚，看见来人越跑越近，安邺手枪向着来人猛射，来人左躲右闪，避开子弹，赶到安邺面着，一刀砍下，安邺的头颅骨碌碌滚开。

砍下安邺脑袋的英雄就是吴凤典。这个不可一世的侵略者，终于结束了自己罪恶的一生。

带着外国雇佣军和天主教徒赶来增援的班尼也是短命鬼，一照面，就被黑旗军放倒，成了安邺狂妄的陪死鬼。这次战斗，杀死杀伤法国兵十多人，将法军首领安邺和班尼杀死，从战例来讲，成果并不是很大，但在法军所向披靡，越国上上下如惊弓之鸟的形势下，黑旗军的胜利，无疑给了越南上下注入了一支强心剂，证明凶恶的法国军是可以战胜的，越南抗法军民士气大振，这为今后抗击法军树立了榜样。

这次胜利，越南嗣德王破格加封刘永福副领兵衔，仍充兴化、保胜防御使，吴凤典被授以防御同知衔（从六品）。

黑旗军从此从幕后走向前台，成为抗击法国侵略者的主要力量。越南爱国诗人阮光碧曾有诗赞黑旗军：

> 初来武玉亦难分，
>
> 一片忠诚九陛闻，
>
> 几次龙编戎捷报，
>
> 人人传话黑旗军。

当时的越国百姓都在传唱另一首诗歌：

> 癸酉年腊月，八日天平明。
>
> 莩儿贼骁将，乘胜向西行。
>
> 纸桥才过马，炮号轰一声。
>
> 黑旗伏兵起，先锋刘任伯英。
>
> 挥刀冲杀到，贼众皆魂惊。
>
> 群如鸟兽散，莩儿似地横。
>
> 壮士夺馘去，满地犹血腥。
>
> 壮哉此一战，敌气鼓军情。

可见对刘永福黑旗的敬仰。

刘永福从同治六年（1867年）进入苏街，一直在为黑旗军的生存而战斗，先是和盘文义在六安州拼杀，接着与保胜的何均昌争地盘，继而又和黄崇英苦战多年，因功被中国政府赏给四品顶戴，现在越南政府又授给副领兵衔。

官提了，但并没有什么实权，都是些有名无实的虚货。

黑旗军第一次出征就斩杀了安邺，黑旗军从昔日的"土匪"、"山贼"光明正大成为抗法英雄。黑旗军的命运将与中国、越南的抗法战争联系在一起。

越南尽管积贫积弱，君臣无心对抗法军，但中国和越南毕竟有着1000多年的宗藩关系，为了边境安宁，就算是稀泥也想扶一把，至于能不能扶上墙壁，那就看越南了。

正是由于有了罗池大捷，清政府中的有识之士突然想到移花接木之术：通过资助身在越南的刘永福来抗击法军，保护国家利益，清朝正规军不直接参与军事行动，让法国抓不到把柄。

回国扫墓

刘永福入越后，一直以客军的身份，帮助越南多次剿灭各路犯越武装，法军侵占何内后，是刘永福第一个站出来抗击法军，刘永福的黑旗军成了越南一支抗击法军的中坚力量，成了越南人民心中的英雄。

但越南统治者在使用刘永福的事上充满了算计，既想让他抗击敌人，又怕他坐大。由于越南君臣猜忌，急时就想到启用刘永福，一旦事情平息下来，就将刘永福撤到一边。这从下面两件事可以窥探越南政府对刘永福的真实态度。

其一是，同治八年（1869年），广西提督冯子材带兵入越平匪时，越南政府请求冯子材将刘永福一起剿灭，遭到冯子材拒绝后，又请求

冯子材将黑旗军带回国。其二是黄崇英被擒杀后，越南逼刘永福迁离保胜，迁到民穷地瘦的太原。因为刘永福誓死抗命，最后才不了了之。

种种迹象说明，越南政府从头到尾都不信任刘永福，只因国内没法找到有担当的勇士，一有危难才想起刘永福。

刘永福原来以为，既然杀了法军头目，越南应该趁热打铁，尽快收复被法军占领的土地，但怪事发生了，嗣德王在法军的威胁利诱下，和法军眉来眼去，正在上演和谈戏码。

聪明过人的刘永福自然掂量出一旦正式签订和约，他第一个就是先被牺牲的筹码，要么是法国政府要挟越南驱逐黑旗军，要么就是法军与越军合作消灭黑旗军。

而清朝多年来一直视自己为眼中钉，那时，回国不见容于朝廷，越南又无立足之地，进退无门，黑旗军就陷入了绝境。

同治十二年（1873年）12月底，江湖上四处传说越南马上就要与法国签订和约了，刘永福听到消息，肺都气炸了，他直接写信给法国轮船红河号船长乔治说："如果欧洲船或欧洲人要来保胜的话，我声明，我将以武力阻止他们，我们要看看谁能压倒谁。"

刘永福的强硬并不能改变什么，转年的3月15日，越南便与法国签订了《法越和平同盟条约》。

越南与法国签订条约后，刘永福驻扎的保胜坚决不执行命令，凡经过保胜的欧洲人，不论以什么借口，刘永福就是不放行，突出的有三件事，一是1881年9月，法国3名商人从兴化经过准备到云南，经过黑旗军驻扎的龙鲁屯，被黑旗军强行拦下，经过多方交涉，最后只好灰溜溜转回；其二是有名六画法军，拿着越国的护照，前往芒街察看白铅山，刘永福亲自领兵把守不让法国人进入，法国人最后只好离开；其三是有一次法国人驾船四五只，每船有法人五六名，要经过保胜。刘永福开出条件，过保胜时只能坐在船内，不得到船外观看周围环境。

法人过河时，有人站到船外拿着望远镜到处观望，刘永福即命令开枪扫射，吓得法人拼命往回逃，有人被打落水，有一船撞上石头，船上的人全部撞下水，有两个被水卷走一命呜呼。

法军对刘永福恨之入骨，1881年11月致信越南政府，威逼越南政府一定要将刘永福驱逐出越南。

刘永福已经闻到风声，看到山雨欲来，想出了一计，以回国扫墓为由请假5个月试探越南是不是决定放弃自己。

越南王闻信，指示黄佐炎极力阻拦不让刘永福回国。

原来越南虽然和法国签了和约，但从各种渠道不断接获信息，法国对北圻志在必得的野心一直没有停歇。越南经过河内一战，上当在前，信不过法国，害怕他们反悔再次攻打河内，如果刘永福回国了，就无人抵抗了。

刘永福看到越南政府一时还没有作好抛弃自己的思想准备，干脆假戏真做，于光绪七年十月（1881年11月）向越南当局强硬请假五个月，以回乡省亲扫墓做掩护，回国打探情况，祈望大敌当前，清政府以国家民族大义为重，帮助自己抗法。

由于刘永福此行，是在情况未明之时回国，回国第一站就得经过钦州，为了使此行顺利，他出发前，专门写了封信给钦州官府，内容如下：

窃福生于本邑小峰峒，幼年随父移往广西上思州迁隆峒居住。一介庸愚，毫无知识，嗣因咸丰庚午年到越南，奉官率勇剿贼，节经奏报，荷蒙国王录用，迭晋官阶。前次奉调会剿河阳股匪，蒙广西提督军门冯赏给军功蓝翎四品顶戴，遵奉在案。二次又奉广西统领刘、赵两宪札调会剿河阳，擒获首逆黄崇英到案。事清，经禀求咨调回国入关投营，即奉广西巡抚部院刘批：据禀军功刘永福既受南国官职，现在带兵剿贼，未便遽准入关投营。即令思归情切，亦应俟该国军务告竣，由黄

统督奏明越南国王咨请来粤，酌核办理等因，遵奉在案。

伏思福阔别家园日久，而越南军务尚难告竣，乃于本年奏假五个月回里省扫，荷蒙国王允准，乞假五个月，回贯省扫，行焚黄礼在案。于十月二十二日在肖化省起程，经由广安省，十一月十三日到海宁府，拟于十五日回那良省扫，随后往上思州迁隆峒拜扫焚黄，幸叨隶治下，除另有南国公文轮次咨呈外，理合禀告，恳乞报州堂大老爷察照等情。

光绪七年十一月十三日（1882年1月2日）

而此时，抗法保越已经渐渐成为清朝有识之士的共同心声，刘永福回国的公文一到钦州，不但引起钦州官府的关注，时任广西左江道周星誉也十分关注刘永福这次回国的动机。

为了查清刘永福回国的原因，刘永福在东兴那良一露面，他就即刻派出了自己的特使王敬邦到上思州平福新圩等候刘永福会面。

刘永福有公文呈报，又是钦州本乡人，钦州的父母官自然多方关照。

刘永福第一站回到古森峒。

古森峒不仅是他的出生地，更是他亲爱的母亲遗骸埋葬地。

说起母亲的墓地，还得从刘永福当年离开家乡投身农民军说起。当时他想到离开家乡，以后不知是否还有命归来，临行前请风水先生帮助物色风水宝地迁葬父母。

风水先生受人之托，忠人之事，非常认真负责，在居住地上思和出生地古森峒四处物色，结果在如今的那良那楼村虎龙岭觅得一风水地，当时风水先生说，此地是"蝴蝶"地，日后子孙定飞黄腾达，大富大贵。

由于当年身无一物，就算觅得吉地也没钱远途迁葬，只好将母亲遗骸暂时埋葬在上思州王二村。后来，刘永福在越南站稳了脚跟，而且经济能力许可，这才回国迁葬母亲，安葬于如今的那良那楼村虎龙岭。

这次回来，他体面地操办母亲焚黄[1]之事。

刘永福在那良停留两天，重新修整了母亲的墓地，加了青砖，从坟珠到拜台修了五级台阶，方便行走。墓地后有一天然大花岗岩石，风水先生称为"后有靠山，千秋稳固"。刘永福听了风水先生的话，保留下了这块大花岗岩作为墓地的照壁。

焚黄那天，村里人得知本地出了个大官，乡亲们奔走相告，一时间，人来人往，水泄不通，大家都想亲睹自己村庄走出的这个阿二小子，长大后是否长成三头六臂。

能杀得番鬼佬鬼哭狼嚎之人，肯定比常人多出些什么。但大家见了身材只有1.6米高一点的刘永福，眼窝深陷，面如刀削，全没有大富大贵和官人的面相，很是失望。

吃饭时看到刘永福好肉好鱼接待又都高兴起来，待听了刘永福讲的孤枪阵，连闯十三关[2]故事，感觉这刘二的确有本事，大家才相信这刘二的确与常人不同。

光绪八年正月二十一日（1882年月2月10日）刘永福在上思州平福新圩会见了周星誉的代表王敬邦，这王敬邦时任宣化县典史。

刘永福得知王敬邦是广西方面的官员，全盘通报了越南和法军当时的情况，希望朝廷在物力人力上支持黑旗军抗法。

王敬邦和刘永福会面后，将了解的情况呈报给周星誉，主要内容有："永福为人豪气志悦，精悍绝伦，久在戎行，练于兵事。论及法人寻衅，词色愤然，但恃勇少谋，视敌太轻，恐乏坚韧之力。其幕客上思州人刘奇勋、刘奇谦、韩再生，宣化人李德才等，俱无远识，各怀疑忌，左右尚未得人，大敌当前，似未能独当一面，又该国经政寓兵于农，

（1）旧时品官新受恩典，祭告家庙祖墓，告文用黄纸书写，祭毕即焚去，谓之焚黄，后亦称祭告祝文为焚黄。

（2）刘永福受冯子材之请协助攻打黄崇英有连闯十三关破阵的记录。

素不训练，以御外洋节制之师，亦恐不敌。"

周星誉看了王敬邦的汇报，一时拿不定主意，行文当时的两广总督张树声，提出了自己的建议，文中说："刘永福曾多次对手下说：愿为中朝千总，不愿为越南提督，似此情形，恐未必为彼国效死，若一旦不支，不北走滇，即东走粤，款关求附'耳'。其实刘永福为我所用，不过授以偏裨，即充其量亦不过分统数营，效力边防；留之越南，则所系甚重。且北圻十六省为该国统督黄佐炎辖境，永福向受佐炎拔擢深恩。虽无胜把握，亦不是一蹶不振，尽覆其巢。若支持黑旗军固守宣光一带，则可成云南蒙自、开化作一外屏。"

张树声也不敢作主，又呈给朝廷。

材料上报到朝廷后，为唐景崧万里赴越组成抗法联军进行了思想上的准备。

人在国内的刘永福屁股还没坐热，谅山巡抚梁竹辅派了手下快马加鞭赶到上思平福来见刘永福，来人见面后递上信函，刘永福感觉惊奇万分，拆开信函一目十行看完，握着拳头重重锤着桌子说："真是岂有此理。"

手下也不敢问是什么事，都疑惑地看着他。

刘永福说："法军又起挑衅，扬言不日要攻陷河内。"

大家听了，都义愤填膺。

刘永福遂立马起程，几天后到了谅山，先前护送他过境并在此等候的杨著恩带着200多黑旗军在谅山迎接，大家日夜兼程，在离山西80里时换船走水路，不日到达山西。

此时黄佐炎奉命驻守山西，刘永福即到黄佐炎的住地拜访了黄佐炎。

黄佐炎看见刘永福，心中大喜，对刘永福说："法国亡我之心不死，又在蠢蠢欲动，扬言要攻打南定，我怕你在家以为越南无事，在国内驻留，所以派了麦文保催促你回来，看到你，我就放心了。"

刘永福说："法寇贪得无厌，非武力不能解决。"

由于在此之前，刘永福及黑旗军攻城掠地，建功著伟，但越南当局装聋作哑，没有兑现战前承诺，加上多年来对刘永福不断猜忌，刘永福有些气愤，这次法军扬言攻打南定，他想让越军正面对抗，让他们试试法军的利害。便没有积极备战，结果不到两天，南定就被法军攻破。嗣德王痛下杀手，所有关联文武百官，通通问责，附马爷黄佐炎也不能幸免。

1882年2月17日，交趾支那海军分舰队司令李维业奉交趾总督卢眉的命令攻打北圻。李维业生于1827年，50多岁才获得上校军衔，虽是一名没有什么建树的军人，但有着浪漫的法兰西情怀，写过小说，发表过诗歌，演过歌剧。

越南当局在国家危亡时刻，还当断不断，战和摇摆，光绪八年（1882年）三月初八日，法军李维业乘机攻占了河内，进犯广西已经是迟早的事实。

清朝眼看法军已经打到家门口，主战派和主和派却是各唱各的调，整天在皇帝面前争得你死我活，到了束手无策的地步。

早在光绪七年，当时极力主战的代表人物张之洞、张佩纶就上奏主战，光绪八年七月十九日，唐景崧又上奏，请缨入越说动刘永福联合越南抗击法军。

唐景崧，字维卿，广西灌阳人。同治四年进士，选庶吉士，改吏部后补主事，官六品。因赋性耿直，不肯谄媚上官，屈在吏部20年。

看到越南战事告急，清廷束手无策，唐景崧挺身而出，为清廷出谋划策。提出支持刘永福抗击法军的必要性和可行性，其中提到："臣维刘永福者，敌人惮惧，疆吏荐扬，其部下亦皆骁勇善战之材，既为我中国人，何可使沉沦异域？观其膺越职而服华装，知其不忘中国，

并有仰慕名器之心；闻期屡欲归诚，无路可达，若明畀以官职，或权给以衔翎，自必奋兴鼓舞……"

朝廷收到唐景崧的奏折，感觉建议虽好，但执行起来会惹麻烦，原因是李鸿章和法国驻华公使宝海正准备订立《李宝协议》，条约中有允许法军驱逐黑旗军的条款。

其实李鸿章主和也不是一无是处，他认为，越南国小民弱，没有斗志，又早有暗阴法国、脱离中国之心，为这样的国家倾尽全国之力去打仗，根本不值。如果公开派人到越南支持刘永福抗击法军，就是自己撕毁条约，在外交上是下下策。

朝廷明知这是一着险旗，一直下不了决心，一拖再拖，直到八月初五日才下了一道外人根本看不懂的圣旨："吏部后补主事唐景崧，著发往云南，交岑毓英差遣委用。"

唐景崧本来上奏请缨到越南和刘永福商谈抗法大计，朝廷却下旨叫他到云南岑毓英处报到，不了解内情的人肯定以为朝廷吃错药，但唐景崧一眼就看穿了朝廷的用意。

云南和刘永福的驻防地保胜只是一条河红河的上下游的关系，到了云南，要到保胜会刘永福就方便多了。

唐景崧聪明过人，雄才大略，读天下书，知天下事，朝廷的小把戏那能瞒过他的金睛火眼。

他心里想："朝廷不敢正式任我为特使，放了个烟雾弹，把我扔给岑毓英，如果我这次到越南，能够如期促成刘永福与越南联手共同抗法，成功了皆大欢喜，一旦事情败露，就会对外说是唐景崧和岑毓英自作主张，不关朝廷的事。如果这事在国际上造成不良影响，说不定朝廷为了平息事态要将自己正法。这是个大陷坑，跳进去万一事不成，就万劫不复，但大敌当前，国家利益高于天，我就做那个潜在的替死鬼吧，只要能够对抗法军，个人生死算得了什么？有了这道圣旨，我可以乘风起帆，无论如何也要把这事办成。"

想过后，便立马动身。临行前，他去与自己的恩师宝均告别，恩师赠言曰："此事极为出奇，出奇即制胜，吾深望汝。壮哉班定远也。"把他和当年出使西域的班超相提并论。

按照唐景崧的计划，他第一站先见越南朝廷君臣，但第一步就没有走顺，光绪八年十二月到达顺化时，他向越人报告：

"清钦差大臣唐景崧求见嗣德王。"

嗣德王派人问道："有何事？有上谕吗？"

唐景崧回答："事有，但无上谕。"

嗣德王于是拒绝见唐景崧。

越南只派出级别极低的官员接见他。

唐景崧想了解的情况这些官员老是吱吱唔唔，有时干脆一问三不知。

唐景崧通过旁敲侧击，弄清了越南朝廷的意图。原来，越南因为慑于法国的淫威和利诱，全没斗志，根本就不想抗击法军，加上对清朝的猜忌，在政治上已经倾向法国。

刘永福的担心果然被证实。

通过与越南官方的多次交流，唐景崧抓住了要害：越南朝廷既想重用刘永福，又忌刘永福功高震主，没法驾驭。

这等于间接向唐景崧证明，抗击法军，当其时，只有刘永福才是中硫砥柱。

他于十二月二十九日向清廷写了奏折，详细分析了当前的形势和启用刘永福的急逼性：刘永福所恃者险，惟力主分布散击之术，夷人时隐慑之，曾迭请于黄佐炎，以为非战不能议和；并谓兵连祸结，则乞降罪以谢法人，奈书累上而说不行。又致书于坐探委员，谓有搏虎驱狼之志，惜制于人。实则自备糇粮，越人无所制肘。一败则法越两

不相容，中国又无退路，故亦隐忍图存。现在增兵造船，暗购军火，其下扑河内六七日程也。越南极仗此军支持全局。又迫于法人，逡巡畏葸。臣沿未晤及永福，而就近访闻较确，此刘永福之情势也。

臣亲履其境，目睹其形，伏思中外未肯失和，非用刘永福一军别无良策。至如何用之，及为永福如何布置之处，请缕晰而陈其计。

唐景崧在接下来的奏折中就如何用好刘永福这张牌提出了三点建议，一是暗中给予刘永福明确文书，行文上思州立案，准许刘永福日后回上思州定居，二是云南加上广东广西两省的力量倾尽全力支持刘永福，三是刘永福明正言顺地打着越官的旗号抗击法军，越官做越事外人没有什么理由挑剔，并向世界公布法军侵略越南的罪行，争取各国同情。中国再从中调停，如果这样，先据红江，次扼北宁，则宣光，山西，兴化，太原，高平近边等省，已归囊括之中，据北而后图南，固国之策，无逾于此。

越国有个大臣叫阮飞熊，在上年到清朝大贡之时，认识了唐景崧，当时唐景崧向他打听刘永福的情况，阮飞熊告诉唐景崧："我国如果不是得到刘永福帮助，早已经亡国了，那有礼物来进贡大清，刘永福每次打仗，身先士卒，且奇计韬略，临机应变，神出鬼没，方之孙膑、白起、王翦，莫以过也"

这次唐景崧到越求见嗣德王，由于当时阮飞熊没有在顺化，两人没有碰上。

阮飞熊回到朝廷后，嗣德王向阮飞熊打听唐景崧的情况：

"你前番解贡入清国，在清京见有唐景崧其人呼？他说是清国钦差，未知是否？"

阮飞熊向嗣德王介绍了唐景崧的情况，嗣德王听了，叹气说："麻烦了，如果他回到清国，说我的坏话，那还了得。"

于是急急忙忙对阮飞熊说："就算追到天涯海角，你都得把唐景崧找回来。"

听了嗣德王的话，阮飞熊不敢怠慢，连夜赶到海防寻找唐景崧。

到了海防打听，说唐景崧回广东了。

阮飞熊只好又追到广东，一了解，说唐景崧已经到了香港。可怜阮飞熊一路跌跌撞撞，连个人影都见不着唐景崧。无可奈何之下只好回国交差，回到水东，有人告诉他，唐景崧已经到北宁了。

阮飞熊不信能在北宁找到唐景崧，只好垂头丧气回去复了命，嗣德王念他一路劳苦，也没有责备他。

且说唐景崧此时的确在北宁。

住在黄桂兰的北宁驻军中。

黄桂兰接任广西提督之后，一直带着清兵驻守北宁。

唐景崧此时正在谋划着和刘永福见面之事，他在征得黄桂兰同意后，派出清军谋士唐镜沅，副将黄安国，哨男区启标三人到保胜见刘永福。

唐镜沅见了刘永福，传话说："清朝钦差唐景崧现在住黄军门北宁军中，他说，你有什么困难，缺粮缺军械，他都可以帮你。"

刘永福听了，自然高兴。

唐镜沅接着又说，唐公说："如您能到山西，他肯定从北宁赶到山西与您见面。大人意下如何？我们好回去复话。"

刘永福不露声色地回答："唐公如此垂爱，我过两天便动身到山西，你们先行一步，我随后就到。"

唐景崧的到来，对刘永福来说，用久旱遇喜雨一点也不为过。

光绪九年二月十四日唐景崧到达山西刚住下，刘永福便有些逼不及待地派出自己最得力的三员大将吴凤典、杨著恩、黄守忠先后到住址拜见唐景崧。并且把最机密的弁勇军策清单和自己的履历都送给了唐景崧。

虎将
刘永福
HU JIANG
LIU YONG FU

　　唐景崧手上拿着这些重要资料，对刘永福的情况已经做到心中有数，于是，最郑重的见面时间定下来了，三月初八日刘永福带着100多名亲兵，从保胜亲赴山西会见唐景崧。

　　见面地点是山西一家旅馆。

　　提前几天，刘永福对手下得力干将吴凤典交代："你多带几个人，到山西找一家安全的旅馆，我过两天就要动身前往山西拜会唐景崧，真要谈合作，保密工作一定要做好，找一家四处开阔，便于观察和应对的旅馆。"

　　吴凤典接到命令，领着手下人日夜兼程赶到山西，在靠近河边的一家酒家定了房间，布置了警戒。

　　三月初七日晚，刘永福住进了旅馆。

　　三月初八日，刘永福早早起了床，梳洗完吃了早餐，七点刚过，刘永福领着亲兵刘文谦、刘文亮在唐景崧所住的旅馆正式见面。

　　唐景崧听到报："刘大人到。"

　　起身出迎到门口，看见三个男人向他走来，中间的那个人"长身削立，高颧尖颌，状类獐猿。"

　　看见此人，他便断定此人就是刘永福。

　　便移步上前，向着刘永福作辑说："刘大人辛苦了。"

　　刘永福激动地紧走两步，屈右膝半跪，口中说道："唐大人不远万里来见在下，在下三生之幸，在下有礼了。"

　　说完，站了起来，退后一步。

　　唐景崧看见刘永福谨慎行礼，甚是满意。

　　刘永福的大名他早就如雷贯耳，在他的心中，武夫言行比较放荡不羁，想不到征战多年的刘永福彬彬有礼如此。

　　他一边引导着刘永福进门，一边鼓励说："刘大人，当下正是国家多事之秋，有刘大人在，是国家之大幸。"

刘永福苦笑着说："唐大人不远万里从京城来见我一介山野之人，在下的艰难困苦想来也了解得一清二楚。今天来见大人，是来受教的。"

唐景崧说："受教不敢，今天也不是谈正事的时候，我们且喝两杯我从家乡带来的桂花茶，叙叙同乡情。"

刘永福听了，一时不知如何回答。

唐景崧也不管他的惊愕，吩咐手下说："给刘大人上茶。"

说完，请刘永福在一张红木八仙桌子坐下。

那两位亲兵刘文谦和刘文亮则主动站到门外警戒。

唐景崧的手下上了茶，一股清香扑面而来。

刘永福深深吸了一口，自嘲说："整天疲于战事，我已经很久没有好好喝上一杯茶了。"

唐景崧用茶盏轻轻荡开浮在表面上的茶末，喝了一口，开心地说："我老家灌阳门前就有一棵近100年的桂花树，每到开花时节，一条街都是桂花香。桂花茶具有温补阳气、美白肌肤、排解体内毒素、止咳化痰、养生润肺的功效。桂花糕热天吃一碗凉心凉胃，真是人间最好的享受，最让我念想的，就是家乡的桂花茶。"

刘永福听着听着，泪水一个劲地往下流。

他伸出右手手袖抹着眼泪说："唐大人，有家真好，我现在有国不能回，正月回家焚黄也不敢光明正大回去，还要呈送书信给钦州父母官批准才敢动身。"

唐景崧说："这次我来，就是帮你圆回国的梦，但今天，我们先不谈，喝茶喝茶。"

接着摇头晃脑地背起诗来：

> 遥知天上桂花孤，
>
> 试问嫦娥更要无。
>
> 月宫幸有闲田地，

何不中央种两棵。

天台岭上凌霜树，

司马厅前委地丛。

一种不生明月里，

山中犹教胜尘中。

读完，解释说："这两首诗都是白居易赞美桂花的，你感觉怎么样。"

刘永福听着他品桂花茶，读桂花诗，都差不多想哭出声了。

大敌当前，唐景崧还有闲情逸致谈风论月？

他错愕的表情，唐景崧装没看见，问了一些他在保胜的情况，又聊了些越南官员近况的事，刘永福看见唐景崧没有切入正题的意思，只好起身告辞。

唐景崧也不挽留，也没有说下次见面有时间。刘永福除了喝了一杯桂花茶，无功而返。

他也不知唐景崧打的是什么主意，有些垂头丧气回到旅馆。

跷颈盼望的吴凤典远远看见他进来，连忙迎出门，看见刘永福闷闷不乐，以为两人谈崩了。

安慰他说："我早就说了，清廷只想利用黑旗军，不会真心对待我们。现在越南君臣猜忌，清廷又举旗不定，我们先下手为强，占了十州作营盘，去过我们的快乐日子。"

刘永福摇着头说："凤典，你想得太简单了，如果法寇与越南勾结，你想他们能容忍我们在十州立足？如果两方各取所需，联手对付黑旗军，我们就危险了。当前唯一的希望，是和唐景崧合作，先为国立功，再议栖身之处，可唐景崧为什么不谈合作之事？"

刘永福像是自问又像问吴凤典。

"唐景崧葫芦里卖什么药？大老远的来，我们诚意也表达了，连最机密的兵力布置情况都给他了，他为什么没谈？"

刘永福摊开两只手，无奈地说："我也不知，看外表，唐景崧不像大奸之人。按说，他从京城不辞旅途劳顿来到山西，现在越南这么乱，随时都有丢命的危险，如果不想谈，那他来这干什么？"

吴凤典说："唐景崧和你说了什么，你和我说说，我分析一下。"

刘永福沉思着说："就是叫我喝桂花茶，听他读什么诗，你说我现在的心情，能听得下吗？"

"什么诗？"

"桂花诗。好像有什么不生明月里，犹教胜尘中。"

吴凤典重复了一次，突然眼睛一亮说："我知道他的用意了，这桂花不就是桂林产的吗，他是想通过桂花茶，让你想起自己中国人身份。可能也有警告的意思，如果错过这个机会，以后就休想再回中国了。"

刘永福骂了一句："丢那艾之，有屁直放不就行了，在我面前来这套。文人的臭毛病，一有机会就卖弄学文。这里不是久留之地，如果下午没什么动静，我就先回保胜了，你留下来再等等。"

刘永福交代完，回房间换衣服。

保胜，是刘永福最最放心的根据地。他的亲兵一直驻扎在保胜。

正在这时，有个穿便服的中年男子走进来，看见吴凤典作辑："请问，这里是刘大人下榻的地方吗？"

吴凤典警惕起来，并向在门口警戒的刘文谦、刘文亮发出了暗号。

他横在来人面前："什么刘大人，我们这里没有刘大人。"

来人笑笑说："我是受我家唐大人差使来送信的，要我交这封信给刘大人。"

吴凤典不放心地问："信呢？"

那人回答："唐大人交代，这信一定要当面交给刘大人。"

在房中换衣服的刘永福听到说话的声音，从房间里走出来问："谁找我？”

那人看见刘永福，连忙从上衣贴身口袋里小心掏出了信，递给刘永福说："这是我家唐大人叫我亲手交给您的，你写个收条，让我回去好交差。"

刘永福认出此人是给他上茶的那个，接过信，对吴凤典说："这个是唐大人的手下，你给他写个收条吧。"

吴凤典这才放心进房间找笔写纸条。

送走送信的人后，刘永福这才拆开了信，唐景崧在信中说，因为他住的地方人多眼杂，不安全，不方便谈合作的事，明天，他会专程到旅馆回访刘永福，具体面谈。

刘永福给信吴凤典看完，吩咐说："这次会面，事关黑旗军生死存亡，不能有一丝差错，保密工作要做到万无一失，你给准备一间密室，明天就在密室谈，我们两人参加。"

吴凤典看到合作的事有了希望，精神立马兴奋起来，欢快地去督促手下布置密室。

光绪九年三月初九日早上十点，唐景崧只身一人来到刘永福的住处，两人寒暄过后，刘永福直接带着唐景崧进入密室。

双方坐定后，唐景崧开门见山就问："刘大人，你在越南作客军多年，成为越南王朝倚重的肱股，但据我所知，除了附马爷北圻统督黄佐炎高看你一眼，其他的人对你都不友善，原因是什么？"

刘永福老实回答："越南满朝都不敢抵抗法军，但又依靠我给他们平乱，需要我时甜言蜜语，不要时就要黑旗军迁往他处，京外所有大员中，就梁辉懿对我比较友善。其他的人都是各自盘算，对我充满猜忌。"

唐景崧又问："保胜靠近云南，云南的官员对你如何？"

刘永福老实说："云南方面对我好点的官员只有唐炢生与方伯厚

两人，但两人又说不上什么话。"

唐景崧不客气地说："刘大人早年犯下了朝廷不能原谅的大错，现在保胜只是弹丸之地，越南对你三心两意，云南的官员也没有人敢收留你，一旦越南翻脸，云南官员又不给脸色，到时，你进退两难，加上法军又对你恨之入骨，算是三方面全不讨好，万一有事，你打算怎么办？"

唐景崧的话击中了刘永福的软肋，这也是黑旗军面临最严峻的形势。

听了唐景崧的话，刘永福突然从坐位上弹起，跪下抱拳说："在下愿听唐大人教导。"

唐景崧扶起刘永福，坦城地说："我不远万里来越南，就是想为你指出一条明路。现在越南已经成了法寇砧板上的肉，法寇穷凶极恶，刘大人还能守住保胜十州营盘，如果能扼住山西为门户，进可以图北宁、太原、谅山，高平、宣光、兴化，退可以进入云南，凭着刘大人的威名，如果传檄天下，把越南的精锐部队全部收编，以富饶土地为军队筹集粮饷，收七省之税银购置军械，重用贤能的文人，然后请求中国给你封号，守住北方土地再图攻占南方，事成后你就是国王。事败了，也是为了国家大义，功在中国，名声传万代，这是我为你献上的上策。"

刘永福听了，连忙摇手说："这个不行，不行，忠臣事君，切戒虚伪。虚伪尚且不可，而况身受国恩，职据提督，遂为此反逆篡位几乎？"

唐景崧劝说道："天朝大皇帝密谕，嘱唐某喊做之事，就是黄桂兰军门也是极赞成的。"

刘永福听了，故意说："如果这样，那就请黄桂兰军门先发难，杀了南官，我随后起事。"

唐景崧说不动刘永福起兵，只好又为他出了中策、下策。

刘永福解释说："唐方伯曾经对我许诺，如果我守住保胜，不要轻举妄动，敌人来了才迎战，战败回云南，肯定收留。"

唐景崧不留情地说："功名功名，先有功然后才有名，如果刘大人对国家当前的局面坐视不管，只想保存实力，谁还看重刘大人，谁还会尊敬黑旗军？如果被打败退回云南，就算唐方伯收留你，他会在云南做一辈子的官吗？你死守保胜的计划，是我给你提的三策中最最下策的，不能选上策，起码也要选中策。"

刘永福沉默了好一会，这才说："我现在力量和能力都没法选上策，如果我选你说的上策，越南和法寇肯定共同攻击我，我就走投无路了。"

唐景崧乘机说："法寇早就视你如眼中钉，你选择抵抗，法寇要围剿你，你不抵抗，法寇也要消灭你，越南走投无路时，为了讨好法寇，也会攻击你，先下手为强，刘大人可别被人算计了去。"

刘永福听了，满脸的狐疑。

唐景崧趁热打铁说："那就选中策。这中策者，中国不愿为一隅而动天下，由黑旗军在越南举起义旗，号令越南民众共同抗法，朝廷暗中支持。"

刘永福思考良久，这才说："中策可考虑，但因为兵力少，武器落后，只能守，不能战。"

唐景崧眼看说动了刘永福，有些得意，开心地说："打起来，一定有人帮助，如果不主动出击，专等法寇来进攻，怎么守？先发制人，刘大人不用担心。"

唐景崧离开前，刘永福还是不松口，借口说："我要回去和杨著恩几员将领商量后才能定。"

唐景崧也不为难他，对他说："希望早点给我答案。"

光绪九年三月十三日，唐景崧再次拜访刘永福，打听黑旗军是否商量好了。

两人进入密室，刘永福又提出了一个问题："如果清廷问罪怎么办？"

唐景崧解释说："清廷对越南已经失望透顶，如果刘大人以保越南安国门为号令，出师有名，会得到越南人民支持，清廷不会责难。"

这次会谈后，刘永福再次派出杨著恩于光绪三月十六日与唐景崧会谈，刘永福提出了最后一个条件，要朝廷派300兵弁加入黑旗军一起抗击法寇，这样就会士气大振。

由于唐景崧成功说动刘永福，清廷允许唐景崧留在广西边防军营中，唐景崧从此成为刘永福、清廷，越南、广东、广西、云南边防的大使，穿梭于传递信息，督促落实黑旗军的军械补给。

张之洞欣赏唐景崧旗开得胜，命令唐景崧招募四营兵弁，组成景字军，入越会同刘永福抗击法寇。

光绪十年九月，刘永福接张之洞照会，宣读清廷诏书："刘永福虽抱忠怀，而越南昧于知人，未加拔擢。该员本是中国之人，即可收为使用，着以提督记名简放，并赏以戴花翎，统领所部，出奇制胜，将法侵占越南各城迅速恢复，凡我将士奋勇立功者，破格施恩，并特领内币奖赏，退缩贻误者，立即军前正法。"

并赏黑旗军军费5万两白银，接着清廷再次从国库中拿出5000两白银奖励黑旗军，并对全体将士进行犒赏。

从此，刘永福抗法有了祖国的强力支持，正是有祖国作后盾，黑旗军接连打了多次漂亮的胜仗。

纸桥大捷

光绪九年（1883年）4月25日，刘永福在山西进行军事动员，出兵河内。

他对整装待发的全体黑旗军将士训话："弟兄们，我们再也不是

虎将 刘永福
HU JIANG
LIU YONG FU

087

孤军奋战，背后有祖国强大支持，这次出征，既是保越，更是卫国，弟兄们要同仇敌忾，奋勇消灭法寇，这次攻打河内，一定旗开得胜，马到成功。"

黑旗军多年来被法军搔扰，对法军早已恨之入骨，听了刘永福的话，欢声雷动，誓言与法寇血战到底。

接着祭旗出征。

黑旗军3000人马一路急行军，于4月底到达离河内约十里的怀德府驻扎。

此时守在河内的法军海军分舰司令官李维业已经接到命令，法国政府已经批准向越南增兵2000名，并且这些兵员已经上路。法国驻交趾支那总督沁冲严令李维业不得轻举妄动，所有军事行动都等增援部队到达后才能开始。

李维业虽然曾夸下海口可以消灭黑旗军，但在战术上还是谨慎应对，当时他手下只有法兵500人，而据侦察，黑旗军有3000之众，因此，他决心关闭城门，静待增援部队到后一举歼灭黑旗军。

刘永福却不让法军安生，刘永福在保胜经营多年，眼线众多，法军增兵的消息早已经知晓，他要抢在法军增援部队到达前全歼李维业的人马。

主意打定后，他采取不断搔扰的办法，从5月7日起，分派各首领率小分队连续多天不停地攻打河内城，让黑旗军将士通过攻城战，不断积累战争经验，为将要到来的决战苦练本领。

李维业却异常沉着冷静，就是不打开城门迎战，黑旗军攻城，就架起开花大炮轰击，黑旗军被炮弹打伤多人。

刘永福深知敌我双方的优缺点，黑旗军武器落后，善于打游击战，不善于攻城，而法军武器精良，训练有素，攻城之战只是为了让敌人烦躁后作出错误决策。

他看到多天攻城，法军岿然不动，有些心急，担心法军增援部队一到，便错失了消灭李维业的时机。

于是，又想出一计，有天傍晚，他对王者佐说："你给我写个挑战书，不管用什么词，能激死李维业就行，我要让李维利暴跳如雷，只要他坐不住，就大功告成。"

王者佐接了任务，在驻地苦思冥想，一挥而就，把文章写好，交给刘永福说："最激气的话我都写了，你看这个行不行。"

刘永福接过王者佐递过来的文章，看着看着一拍大腿说："好，张贴下去，气死老番鬼。"

这个檄文在一天早上八九点钟光景落在李维利手上，他盯着满满一张纸的中文看了半天，最后叫来一个懂中文的越奸翻译，越奸求绕说："李司令保证不治我的罪我才敢翻译"

李维业点了头，那个翻译便小心翼翼读了全文：

雄威大将军兼署三宣提督刘，为悬示决战事。照尔法匪，素称巨寇，为国所耻。每到人国，假称传道，实则蛊惑村遇，淫欲纵横；借名通商，实则阴谋土地。行则譬如禽兽，必则竟似虎狼。自抵越南，陷城戕官，罪难了发，占关夺税，恶不胜诛。以致民不聊生，国几穷窘，神民共怒，天地难容。

本将军奉命讨贼，三军云集，枪炮如林，直讨尔鬼巢，扫清丑类。第国家之大事，不忍以河内而作战场，唯恐波及于商民，为此先行悬示。

尔法匪既称本领，率乌合之众，与我虎狼之师在怀德府属旷野之地以作战场，两军相对，以决雌雄。倘尔畏惧不来，即宜自斩尔等统辖之首递来劝纳，退还各处城池，本将军好生之德，留尔蚊虫。倘若迟疑不缺，一旦兵临城下，寸草不留，祸福尤关，死生在即，尔等熟思之。切切特示。

李维业果然暴跳如雷："刘永福这个吹牛大王，我要让你尝尝法

虎将
刘永福
HU JIANG
LIU YONG FU

兰西炮弹的利害。集合，出发。"

他狂怒地叫喊着，法兵听到集合命令，纷纷拿起枪，准备出发。

李维利站在部下面前，突然命令："就地解散。"

他突然想到这是刘永福的激战法，哈哈大笑着对身边的副官说："刘，就这点吹牛本事，我们不理他，让他无计可施。"

激将法输了。

一计不成，还有另计。刘永福开始攻打河内城外的天主教堂。

为什么要攻打天主教堂？原来这天主教堂表面上是以传教为主，暗地里全是干些下三流的事，帮助法军搜集情报，以传教之名行颠覆越南之实，是地地道道的法军鹰犬。李维业到河内后，连掩饰都不要了，直接派出一排法兵守护教堂。

5月15日夜半时分，攻打天主教堂的战斗打响。这次攻打，由前营督带黄守忠挑选敢死队员200名，左营管带吴凤典率黑旗军100名，右营管带杨著恩率黑旗军100名共400人发起攻击。教堂里的法军和武装教徒拼命抵抗，这次攻打没有达到预期目标，但却是起到赶蛇出洞的作用，这次李维业是真正被激怒了，堂堂的法兰西教堂，黑旗军居然敢攻打，传到国际上，他这个带兵的海军分舰司令真的没法在世人面前抬头了。

这一激，好戏开始了。

5月19日，李维业气势汹汹带着河内全部兵力800人，[1] 向怀德府杀来。

已经接获线报的刘永福立即调动人马迎战：左翼吴凤典驻守，右翼杨著恩，两队战时相互配合，尽最大努力消灭敌人，前锋则由黄守忠、邓士昌各统领一队，刘永福带着儿子刘成良亲兵队居中指挥。

（1）人数摘自战后刘永福上报黄桂兰战报。

杀敌心切的杨著恩领了命令，立即带着自己的300人马奔赴纸桥右侧附近设埋伏。刘永福担心杨著恩轻敌怠误战机，又把吴凤典部布置到纸桥左翼作为照应。

　　李维业的人马走到纸桥附近，先开了一轮大炮轰击，想将黑旗军人马炸出，杨著恩命令黑旗军一动不动地趴在地上，法军看见没有什么动静，便大摇大摆地过桥，杨著恩一声令下，首先打响了第一枪，一时间，枪声大作，炮声隆隆。杨著恩冲入敌阵，一阵乱砍乱杀，敌人鬼哭狼嚎着往后退，怒不可遏的李维业提着枪一阵猛射，后退的法兵像赶鸭子了样被逼着向前冲，杨著恩被打中一枪，受伤倒地，法军以为他死了，走近前，被他一阵猛射，又死了一批。

　　在混战中，杨著恩脚又被击中，他跪在地上射击，最后被法军打死，献出了年仅23岁的生命。看到杨著恩这边危急，赶来增援的吴凤典拼命攻打，想转移敌人的注意力，但法军就是咬着杨著恩部攻击，最后冲锋的吴凤典又被打伤，刘永福命令儿子刘成良发起攻击，黄守忠部也赶来了，一时间，敌我双方战成一团，互有伤亡，刘永福看到敌人火力太猛，为了减少伤亡，传令撤退，黑旗军跑着跑着，一排排倒下。

　　法军狂喜，没了命往前追赶，李维业更是往前指挥，当法军冲到了黑旗军倒下的地方，突然所有已经死去的黑旗军都翻生了，一个个拿着刀与法军肉博，这一突然变故吓傻了法军，黑旗军手起刀落，斩死一批。余下的法兵再也无心再打，像疯了一样拼命往河内跑。李维业眼看败局已定，还想反败为胜，他举起指挥刀，刚想说些什么，一颗像长了眼睛一样的子弹穿过了他的胸膛，他扑到地上，闻着地上青草的芬芳，没法相信自己就这么走完了罪恶的一生，他的头脑中突然闪过一句诗：上帝，我就这样死在你怀里。

　　司令死了，法军自然跑得比兔子还快。

　　由于天气炎热，法兵渴得眼冒金星，只好边跑边在沟边猛喝生水。

虎将
刘永福
HU JIANG
LIU YONG FU

黑旗军一直追赶到河内城，这才收队，这次战役，就是铭刻在历史上的纸桥大捷，这战，杀死法军 32 名，打伤 52 名，击毙李维业和副司令韦医，上尉连长雅关。

当晚，河内总督阮有度及华商董数人来见刘永福，刘永福因平时和这些人没有多大来往，不知来意，一问，有华董回答："法军请求我们来打听，李维业司令是被打死还是被活捉，如活捉，他们愿出十万两银赎回，如死了，想将尸体接回，也有酬金。"

闻信的黑旗军听说原来指挥官是个海军司令，蜂拥而上，一人一刀，有斩头的，有割手的，一下子就将李维业碎尸万段。阮有度和华董看到这个结局，只好回去回复法军，法军想到李维业已经无尸可赎，也就不了了之。

自此更恨黑旗军。

战后，法军对这次战斗进行了总结分析，指责李维业不懂军事："李不太懂军事，也不够聪明，战斗前一天晚上，当李维业组织将领研究第二天的战斗时，有两名中国仆人听到了消息，提前报告了刘永福，刘永福抢得了机会进行埋伏云云"。殊不知这两名中国仆人，正是刘永福安插在法军内部的眼线。法军连败了都找不出原因。

因此役，这年 5 月刘永福被刚上任的新王协和王任命为三宣实授提督、赐正二品官冠服，7 月份又晋封为义良男。

对于这次胜利，当时的上海《申报》有一段话很好地概括："今日之越人，因刘义之偏师，奏河内之大捷，洵足以振士气而固人心。"因为申报，刘永福抗击法军的英雄事迹让国内更多人得以了解。

此时的法国，用令利智昏来形容恰如其分，李维业被击毙，激起了法国的无名大火，全国上下弥漫着要为李维业报仇的浓烟，国会一致通过再次增兵决议："指挥一切可抽调的军队到战场上去，交趾支那军司令波滑将军受命为东京高级指挥官。"

茹费理内阁甚至狂妄地认为，一旦中国染指这场战争，连中国也一起收拾。

山雨欲来，越南君臣战战兢兢，对敌外行，对内内行，协和王上任五个月就被以阮文祥为首的越南王室所杀，改立已故嗣德王第三子膺祜为福建王。

刘永福看到越南君臣乱麻一团，迅速将黑旗军从山西撤到兴化，静待事态发展。

黑旗军撤出，法军如入无人之境，不到几天，便占领半个北圻。

国内此时主战主和派又吵成一团，最后清朝采纳主和派李鸿章的意见，不主动派兵保护越南，只加强与越南接壤国界线警备，防止法军入侵。

清朝的放弃，让法军更加胆大妄为。很快集结起2000余人的法军，这些法军的终极目标就是要消灭黑旗军。

本来占据优势兵力的刘永福又陷入了劣势。

不过，刘永福还是将这次斩杀李维业的经过行文王佐炎，王佐炎看完战报，只知请求新王为南定失败追究责任的越官开脱，却不给刘永福的黑旗军请功，刘永福十分生气，于是又给唐景崧写战报，并给他送人情，战报中说，这次战斗的胜利，都是唐景崧在山西给自己出谋划策的结果。唐景崧居此上报，朝廷高兴，把他从主事五品加升为主事四品。

水葬法寇

刘永福黑旗军在怀德驻扎两个月，喘过气来的法兵开始实施报复，黑旗军驻扎的营地，前面是大基围，大基围上游蓄满了水，法军想出的第一毒招就是打开大基围让大水浸死黑旗军。

8月15日一早，法军1800人兵分三路，偷袭驻怀德府的黑旗军，战斗从早上8时一直打到晚上10，持续14个小时，法军一共发动了10次冲锋，但每次都被打败，黑旗军击毙法军团长加仑，法军恼羞成怒，晚上10时放水淹黑旗军。滔滔洪水排山倒海地向着营地冲来，洪水一下子就淹没了房子。越南人民看到大水淹了刘永福的驻地，纷纷撑着竹排来救黑旗军。

刘永福镇静指挥黑旗军转移，考虑到此地已经不能久留，刘永福将黑旗军转移至离河内40公里的丹凤县驻扎。

丹凤县位于红河三角洲地区，红河发源地是我国云南彝族回族自治县，在我国上段名叫洮江，进入越南则叫红河，红河河口附近河床高76.4米，全河总落差为2574米，河两侧峡谷险峻。河的上游筑有拦水坝，这里靠近云南边界，黑旗军驻扎于此，有战略上的考虑，如果法军大举进攻，力量悬殊，黑旗军可暂行避敌人锋芒，退守云南，因为当时中法还没有正式开战，法军不敢追赶黑旗军至云南。

黑旗军选址在坝子上扎营。

黑旗军有个与其他军队不同的特点，战时打仗，平时还要劳动，在保胜时，不打仗的时候，人人种田或做买卖，没有一个闲人。现在大家撤退到丹凤，刘永福一声令下，各个管带分头带着自己的队伍一齐动手建营房，斩竹的斩竹，割草的割草，40小时内修好了驻扎的营盘。

大家一路急行军，又劳动了一天，都累了，刘永福指令黄守忠部安排人员值守，大家吃了晚饭，便都抓紧时间睡觉，因为不知法军何时杀来，没有好的体力，就没法消灭法军。

8月31日，法军追杀到丹凤县来，这次指挥攻打黑旗军的是波滑，这人是接替死鬼李维业的班，担任交趾支那海军司令，同时兼任东京区最高司令。他已经向交趾总督夸下了海口这役要全歼黑旗军。

波滑立功心切，但也吸取了李维业失败的经验，这次法军学聪明了，不敢贸然乱冲，而是花大钱雇佣500多地痞流民当先锋，总兵力将近3000人，法兵分水陆两路进攻，必欲一次歼灭黑旗军。水路有大船三艘，沿红河而上，陆路则拉着14尊开花大炮，气势汹汹地扑来。

黑旗军以坝子作为防御工事。

刘永福亲自指挥了这次战斗，黄守忠部，邓士昌部为第一梯队，当法军陆路靠近坝子时，黄守忠、邓士昌两队人马跃出坝子，与敌人进行了近身战，敌人的枪炮优势没能发挥作用，邓士昌看到坝子内水深达七八尺，他知道法兵大部不会游泳，便率领所部拼力将敌人驱赶到坝子边，敌人被黑旗军赶得无路可退，只好跳入坝子，结果像煮饺子一样，一队队跳进坝子里，黑旗军一阵乱射，法军尸体塞满了河道，在交攻中，黑旗军也有数名兵士战死，邓士昌也被子弹击中倒地身亡，法军将黑旗军十多个头颅割下，想作为战利品带回去。

黄守忠看见怒火中烧，指挥自己的队伍以排山倒海的姿势向敌人扑来，枪刀同用，敌人不敢恋战，扔下黑旗军的首级，怆惶逃跑。

水路上的法军在波滑的指挥下，拼命驶向坝子，但由于水急浪大，多次尝试，船就是不能靠近坝子，刘永福指挥黑旗军向着三艘船猛烈开枪开炮，将船上的桅杆都打断了，只要船上的敌人一露头就被枪撂倒，看到陆路败北，船又不能靠岸，在激战三天三夜后，波滑只好宣布撤退，是战，击毙法军1000多人。

此战后，法军再也不敢主动攻击黑旗军。

事后，波滑给法国海军军部报告这次战斗，有一段记录很有意思："我们终于领教了对手的利害，参战的欧洲兵力中有十分之一丧失战斗力，敌人坚守自己的阵地，并配有新式武器和充足的弹药。他们选择防御阵地之机灵和巧妙，那是无可置疑的，9月1日他们在48小时内赶筑的阵地堪称典范。"

敌人攻不下黑旗军，便集中兵力攻打顺化，由东京区海军司令孤

虎将
刘永福
HU JIANG
LIU YONG FU

拔任总指挥，越军毫无抵抗力，越军在顺化三角州布置的防线被击溃，法军已经开始攻打京城，吓坏了的福建王自动投降，愿签和约。两国签订了《越法顺滑条约》，越南承认了法国军队越南的保护权。这和约一签，福建王便下了上谕，叫人飞速传达至刘永福，命令黑旗军即刻退兵，不得有误。

刘永福接到上谕，气得两脸发青，当即责问传令兵："我们次次皆胜，迭次歼灭番奴，不下数千，且每阵必斩其大将，自古以来未有仗仗赢他而反与他和之理。"坚决不执行命令。

和约中有条款，黑旗军不能对抗法军，法军看到刘永福不肯放下武器，威吓福建王要再次发兵，福建王再次急急发人传令，口气十分严厉："刘某如不退兵，朕亦不认尔为越国之臣。"

话说到这个地步，刘永福只好带队离开丹凤，回保胜静观事态演变。

左育包围战

刘永福的节节胜利，清朝似乎又看到胜利的曙光，力排众议，决定起用刘永福，对刘永福的部下根据文武职能分别封官许愿，提拔了近50个官职，武官有游击、参将、都司、千总；文的有同知、县丞候用等等，对战死的杨著恩等人也给予了抚恤。

有了祖国的重用和支持，黑旗军对战胜法军充满了信心。光绪十年十月（1884年）正月十五日，云南提督岑毓英率队进驻兴化，将刘永福黑旗军改编成十二营，按清朝军队建制，每营500人，此时黑旗军人数达6000人。到了七月，中国向法国宣战，黑旗军主动扛起抗法大旗。

农历九月初四日，清政府赏授黑旗军银5万两，二十六日，再从国库中拿出5000两奖赏。

十月初，刘永福接到云南提督岑毓英的命令：命他率所部作为先锋队率先开往宣光（北圻）附近的左育地方，伺机进攻驻左育法军，切断宣光法军与河内法军联系，为清朝大军攻打宣光城打先锋。

而此时，岑毓英所率滇军已经对宣光城内法军实施了包围。当时，刘永福正率领黑军驻守在保胜一带，接到命令后，刘永福即率领黑旗军从保胜出发，经过数日急行军，于1884年11月7日到达离左育不远处扎下了营盘。

左育靠近三圻河，三圻河位于宣光城下游，是连接左育与宣光水上交通的唯一通道，战略位置十分重要，驻守在左育的法军约有800多人。

黑旗军安营扎寨下来，迅速开展了对敌侦探，组织了两个小分队，刘永福自己亲自带领几名亲兵化装成老百姓，暗藏武器，在左育周围察看地形和地势。另一个小组由五名越南侦察兵组成，这一组的侦察兵分头化装成小商人、乞丐、脚夫等，进入左育近距离侦察驻扎左育法军实情。

经过城内城外数天的密集侦察，刘永福已经对周围地形及左育法军情况摸得一清二楚。

左育内敌人防御工事坚固，装备精良，弹药充足，通往宣光的那条路上，由于地势平坦，敌人重点防御，所建工事异常坚固，其他三面，由于有河流作为天然屏障，防守兵力相对较弱。

为了打赢这次战争，刘永福一直在琢磨，他心里反复在思考一个问题，，岑毓英命令自己率队到左育附近来，目的既是为了切断宣光城法军与河内的联系，断绝法军粮草的来源，又是为了拦击从河内来增援部队和截击从宣光逃跑的法军。敌人有较好的防御工事，装备精良，弹药充足，而黑旗军的武器大都是土枪土炮，加上宣光城内的法军随时可以增援，战斗打响后只能速战速决，如果拖延下去，增援法军赶来，后果很危险。

虎将
刘永福
HU JIANG
LIU YONG FU

由于当时通信不便，如何打和何时打的问题没法请示岑毓英，只能够自己判断时机。他心里想，既然岑毓英指示自己伺机出击，说明什么时候开打由自己决定，如果再等下去，敌人发觉了黑旗军到来，做好了应战准备，攻打难度会更大，他决定不等主力部队到来，先动手收拾法军。

这天一早，他对亲兵刘文谦说："你立即通知各部首领前来共商大计，这战就这么打。"

刘文谦看见主人这么高兴，知道他已经胜算在握，大声传令："刘大人有令，着各部首领立即前来商议大事。"

传令兵领命而去。

这是一个芬芳四溢的早晨，早起的鸟儿已经在天空飞翔，太阳从深山那边探头探脑地露出笑脸，营房里炊烟袅袅，伙夫已经开始煮饭。

新的一天开始了。

各位管带从不同的方向赶了过来。

刘永福把大家招呼到自己画好的作战地图跟前，指着地图说："我们这次作战的主要任务，就是要夺取并占领法军据点左育，左育战略位置十分重要，它是通往河内和宣光的门户，占领了左育，等于扼住了宣光与河内之间的咽喉部位，为岑毓英攻打宣光扫清外围，这仗只许胜利，不许失败。

他停顿了一下，环视着手下的几员虎将，对大家详细说明了侦察到的情况，并接着说："这次战斗，采取强攻诱敌进入我们的埋伏圈，然后合而歼灭之的办法，大家是否都明白？"

管带们看着他画得密密麻麻的作战地图，交头接耳地议论起来，最后响亮地齐声回答："明白。"

"好，昨晚我已经观看了星像，11月9日是皇道吉日，我们就选这一天攻击法军。"

刘永福环视手下的几员得力猛将，虎虎生威地发令："各位首领听令，前营管带黄守忠部，带领1500人，战斗打响后，东西北三个方向各500人拼命强攻敌人，扰乱敌人的判断，如果敌人抵挡不住向南逃向宣光，你的任务就算完成了；吴凤典率1000人，埋伏在左育至宣光的大路两侧，待黄守忠猛攻开始，敌人顶不住火力向宣光逃跑将他们全部消灭在埋伏圈内，刘成良带500亲兵作为预备队和机动队随时增援各部。"

各位管带接受任务后，立即回去紧张地做战前准备，吴凤典带领黑旗军两个营，连夜赶到左育至宣光的大道两旁赶挖工事。

11月9日晚上12点，黄守忠率1500人从三面包抄，一步步向敌营接近，分别埋伏东西北三个方向，静静地等待攻击命令。子夜二点，三声炮响，总攻正式开始，黄守忠率领的1500人同时从三个方向对敌人发起猛攻，喊杀声震天动地。做着春秋大梦的法军被炮火声惊醒，急急忙忙组织兵力反攻，火炮的红光影红了半边天，天空浓烟翻滚，敌人利用自己的精良武器想夺回主动权，黄守忠眼看敌人已经组织了有效的反攻，担心时间一长，对我方不利，大喝一声，赤膊冲上前，兵弁看见主帅一马当先，纷纷冲出掩体，拼命冲入敌阵，和法军近身搏到，打到天亮，敌人已经招架不住，东、北两个方面的防线已经被冲破，法军指挥员眼看黑旗军就要攻入营房，连忙下令撤退。

一时间，法军哭爹喊娘，仓皇逃跑，笨重的武器装备全部扔下，众法军争先恐后急急向宣光城逃跑。

而此时，以逸待劳的吴凤典部已经张开口袋等着敌人进入包围圈，看见仓皇逃跑的敌人进入伏击圈，吴凤典跃出工事，大喊一声："弟兄们，番鬼已经成了瓮中之鳖，大家狠狠地杀。"

众兵弁从工事后纷纷跃出战壕，高喊着向敌人冲去，此时法军才知道上当了，但为时已晚。

虎将
刘永福
HU JIANG
LIU YONG FU

漫山遍野都是喊杀声，完成强攻任务的黄守忠部赶过来了，刘成良的亲兵机动队赶过来了。

敌人看见黑旗军越来越多，组织了几次反击都阻挡不住黑旗军的进攻，担心被活捉后被割头，且打且跑，一路向宣光城狂奔，黑旗军抓住有利时机，一路追杀敌人，法军仓皇逃进了宣光城。

此时金色的太阳正洒下温暖的阳光，黑旗军淋浴着朝阳，雄纠纠气昂昂开进了左育。

这一战，实现了刘永福战前目标，重创法军300多人，占领了左育，而黑旗军伤亡人数不到敌人的十分之一。

火烧连营

光绪十年（1884年）9月1日，岑毓英第二次带兵出关。当时兵力为70营，加上丁槐部4000人，唐景崧部2000人，何秀林部3500人，总兵力达4万人。

刘永福黑旗军攻下了左育，为岑毓英攻打宣光城创造了机会。1885年1月26日，清军对宣光城形成了包围，并对法军的天花营进行了致命的打击，法军被岑毓英人马团团围守在宣光城内动弹不得，弹药粮食补给线中断，没法与河内的法军取得联系。

而此时，黑旗军根据岑毓英的指示一直驻扎在早先攻占的左育城内。

宣光城围困法军的战事传来，深谋远虑的刘永福料想河内的法军得到消息后会增援救助宣光城的法军。

于是，他未雨绸缪，命令黑旗军在左育过三圻河两侧设卡，搭浮桥，横河扼守宣光到左育之路。

黑旗军在巡逻三圻河两岸时，发现河内漂着一些竹筒。这些竹筒上面插着一面小旗子，顺流而下，河床中有很多这样的竹筒，情况报告给刘永福后，刘永福断定里面有猫腻，对刘成良说："派人把竹筒给我打捞上来，我倒要看看里面装的是什么东西。"

刘成良接到命令，立即带着两个手下赶到三圻河捞起几个竹筒，快速送给刘永福。

刘永福拿着这些竹筒，细细的观察一番，没有发现外表有什么特别的地方，他小心地剥开一看，哈哈大笑起来。原来这竹筒是宣光城法军想出的求救点子，他们因为人员没法突围出城报信，就在竹筒里塞了纸条，用蜡纸封好，放进河里漂流，纸上写着：拾到此信者，凡送达给河内的法国全权大臣，奖白银20元。

刘永福笑过后突然意识到，大事不好，河里这么多竹筒，肯定有人捡到，为了得到20元大洋，说不定已经有人把竹筒送给了法军在河内的全权大臣，宣光城法军被围困的消息已经走漏，预计河内的法军很快就要增援宣光。

为了应对增援法军，刘永福带着各个管带沿三圻河两岸展开了密集的侦察，他发现从河内到宣光的中间，面临三圻河的一面，有个大草摊，方圆七八里，野草长势茂盛，高达六七尺，地方开宽。

他暗暗叫好：这个地点是打埋伏的好地方，如果能把敌人诱入大草摊，再用火来攻敌，火借风威，七八里宽的大火，敌人就是插翅也难逃。为了全歼增援法军，需要火力威猛的炸药，只有岑毓英才有能力解决炸药问题。必须及时向岑毓英汇报自己的想法和争取支持。

于是他派出亲兵，赶到宣光城外求见正在指挥围困法军的岑毓英，以书信形式向岑毓英报告自己的计划和请求支持。岑毓英是个久经沙场的老将，读了刘永福的信，十分赞成他的妙计，并当即支持了2万斤火药给黑旗军作火攻之用。

刘永福一面派人侦察河内法军动静，一面修筑工事，埋炸药。在刘永福的指挥下，6000多黑旗军把炸药装在木箱和和竹筒内，埋在大草摊上，在通往大草摊的正面约一里多的路中间修建工事，一旦敌人经过此地，以此处为掩体向敌人发起攻击，且战且退，诱敌人进入大草摊。

准备工作就绪后，刘永福又派出探马深入河内侦察。

不日，探马回来报告，河内城法军集结数万，决定不惜一切代价救出宣光城的法军，他们已经分批出发，不日即将抵达宣光城。

刘永福吩咐说："继续查清每批法军有多少人，查清后速速回来报告。"

第二天，探马回来报告："报告刘大人，法军每批约5000多人，先头部队已经出发，预计今晚子时左右抵达左育地盘。"

刘永福立即下令："所有黑旗军今晚天黑前全部进入阵地，吴凤典部负责诱敌人进入埋伏圈，黄守忠部负责点燃炸药，务必全歼敌人。"

各管带带自己的人马分头守候。

初春的左育已经满眼春色，天空万里无云，几头水牛在三圻河内悠闲地戏水，河两岸静悄悄。

埋伏在路边的黑旗军一动不动地蹲在掩体里，热血沸腾地等待着敌人进入埋伏圈。

上午九时，在黑旗军引颈张望中，远远看见大批法军气势汹汹地扑来，他们一心赶往宣光救人，那里知道左育就是他们的葬身之地。

敌人近了，更近了，刘永福一声令下，担负诱敌任务的吴凤典部跃出工事，向敌人猛攻。

敌人做梦都想不到半路杀出程咬金，连忙就地摆开队形用精良武器攻击吴凤典部，吴凤典部佯装大败，急速地向着大草摊方向撤退。

法军大喜过望，想一鼓作气歼灭黑旗军，人人争先恐后地追赶，转眼间，大部分法军已经进入了埋伏圈，刘永福大手一挥，负责点燃炸药的黑旗军点燃了导火索，随着"轰"的一声巨向，四五百个炸药箱、炸药筒欢快淋漓地纷纷炸响，一时间，法军血肉横飞，不死即残。黑旗军为了加大火势，又以火箭猛射，顿时，大草摊一下子成了火海，黑旗军借着火势，凡是没被炸死的，手起刀落，全部将进入埋伏圈的法军斩杀于大草摊里。

本次战斗从发起冲锋到结束战斗，前后只有两个小时，战后清理战场，共歼灭敌人3000多，其中真法兵467人，夺得精良武器不计其数，而黑旗军伤亡人数只有30多人。这是以少胜多的战例，也是刘永福入越南后打得最漂亮的战斗。

后来，河内法军再次增援宣光法军，把左育作为眼中盯，为了拔去眼中盯，以密集火力攻打驻左育的黑旗军，黑旗军虽然早有准备，人人拼死杀敌，但由于法军仗着人多势众，采用轮番攻击战术，黑旗军遭受了挫败，只好撤出左育。

临洮杀敌

清政府对法宣战后，广西原提督冯子材临危受命，以67岁高龄率领萃军9000人进驻广西镇南关。

冯子材在追剿黄崇英、李扬才时和刘永福有默契的配合，这次中国对法宣战，两人在不同的战场共同对抗法军。

光绪十一年（1885年）3月，岑毓英为了缓解广西镇南关一侧压力，奉旨围魏救赵，决定攻打临洮，先遣竹春、陶美、徐恩、黄明、苏元礼5个头领带领1000多人在离临洮府5公里处扎寨，他们驻扎在柯岭浮桥后面的一座大庙附近，全力挖壕沟准备攻打。

这种壕沟，深四尺，宽两尺，专门用来埋伏攻打敌人。

这5人，都是云南知化县的头目，实际是地方上的治安队，有事出兵，无事务农，专门包打先锋，用雇佣军来形容也恰当。

刘永福奉命作为第二梯队协同攻打临洮，岑毓英的裔系人马为第三梯队。

此前，刘永福通过线人已经获悉东线冯子材正在严阵以待。

他心里想，亲不亲故乡人，我在临洮抗击法军，分散法军的兵力，就是支持东线的冯子材，冯子材东线战场的压力就会就减轻。

当时，他们两人已经认了亲家，其二女儿刘英娇已经下娉给冯子材第十一子冯相焜为妻。

大庙附近村庄分布较密，进可以攻，退可以守，因而选择在这里歼敌。

法军在左育被刘永福大火烧后，人员损失惨重，一时补给不足，只好招聘了一批临时的雇佣兵，这些雇佣兵的装扮极奇滑稽，统一穿又宽又大的红裤子，被时人称为大裤裆兵，一共有2000名。

法军经研究，决定趁清军立足未稳前先杀个措手不及，要不等清兵大部队全部集结，就很难击溃清兵。

光绪十一年（1885年）3月23日早上九点钟，法军发起了冲锋，红裤裆兵作为敢死队打先锋，第二梯队才是真法兵。

红裤裆兵开始进攻清兵竹春的头营，竹春领赏包打，自然顽强抵抗，从早上九点，红裤裆兵一直攻到晚上六点多，竹春的部下用自制土枪、竹弩、大刀、杆子等原始武器，英勇地打退了敌人的多次进攻。法军怎么也攻不下竹春的壕沟，红裤裆兵一靠近，就被神出鬼没的清兵一阵猛射，根本前进不得。

刘永福虽然不是第一梯队，但他抗击法军的英雄事迹越南民众老少皆知，听说刘永福又准备打番鬼，越南义民找到刘永福自动请缨参加战斗。义民人数有500人，刘永福因势利道，给他们发了武器和弹药，事先约好，一挨天黑，所有义民从各村杀出。。

天黑下来后，义民看到战机来临，在黑旗军的带领下，500名义民全部杀出，2000大裤裆兵好像吃了迷魂药，在阵地上团团转，东南西北到处都是清兵，进没法进，退没法退。黑旗军包围圈越来越小，已经切断了敌人退路，法军已成为瓮中之鳖。突然发现前方有一湖面发光，大裤裆兵想到只有水才发光，大喜过望，拼了命往前逃跑，跑到近处一试水，只有靠近岸边可涉水，河中间水太深，没法泅过，只能沿着河岸奔跑。此时，黑旗军发起了总攻，因为大裤湿后很笨重，为了逃命，只好不要脸，把裤子脱下，扔在地上，但还是被黑旗军和赶来增援的总兵覃修纲率领的3000精兵打垮，战到24日早上，歼灭敌人2000人，缴获大批武器，红裤1400件，地图、书籍500多件。这次战役以清军、黑旗军完胜，法军大败告终。

临洮这仗，吓得驻守临洮法军四处求援，法军驻越南当局只好从东线也就是尼格里的队伍中调集500法兵来驻守临洮，有力地削弱了东线法军的有生力量，有效地牵制了东线法军，为冯子材第二天取得镇南关大捷发挥了重要作用。

第六章 功亏一篑

越南国内于光绪十一年二月初七日（1885年3月23日）取得了临洮大捷。

冯子材所率萃军在勤军、楚军、毅新军、镇南军、广武军、鄂军、桂军、冯军、定边军等密切配合下于光绪十一年二月初七日（1885年3月23日）在镇南关与法军激战整整一天，打退了法军进攻，二月初八日（3月24日），取得了震惊中外的镇南关大捷。

乘胜追击

深谙战争攻防的冯子材趁热打铁，挥师追敌，收复了文渊、驱驴、攻克谅山。得知法寇已经逃跑，又分两路追杀，梁有才和冯兆珠一直追到长庆府，法寇不敌又弃城而逃，陈嘉追敌一直到谷松，经过激战，又夺下一城。各路大军乘胜追打连下屯梅、观音桥、船头、朗甲。喜信传来，举国欢呼！镇南关大捷与谅山大捷，终于以中国军队完胜写入世界战争史，成为近代中国百年痛史的一抹亮色，成为冯子材人生最有风骨的完美篇章。

光绪十一年二月十四日，法寇司令波里放弃谅山的消息传到法国本土，法国总理茹费理内阁以306对149的票否决了茹费理的"增拨军费案有先议权"提案。茹费理引咎辞职。

侵略成性的法国总理茹费理被钉上了历史的耻辱柱上，成为中国人民不可战胜的最好注脚。

法军求和

冯子材和他的部队正以排山倒海之势向法军所占领的城镇进军，誓将法军全部驱逐出越南。

中国国队的节节胜利，法国吓倒了，派出代表进京求和。清政府见好收手，和法国签得了《中法和约》。

好好的一手牌，被当权者输得一败涂地，清政府急不可待地分别十万火急发电报给冯子材、刘永福，命令部队不得向法军开战。

冯子材于二月二十日晚收到张之洞密电：法人赴京求和，已蒙允准，不可擅自开战。二月二十九日又传来紧急密电：和议已成，三月初一日停战，二十一日拔队入关。

萃军全体将士跪在冯子材的军营外，高呼誓死不撤军，冯子材也多次行文请求继续攻击法军，但胳膊扭不过大腿，尽管拖着不愿回国，但在众说客的层层劝说下，不得已，满腔愤慨地地于三月十二日率队回国，让人扼腕长叹。

话分两头，在越南的清朝兵马，二月初七日取得临洮大捷后，隔了几天，开始攻打位于山西的草圩，当时由黑旗军和岑毓英部的朱统率领人马攻打。

草圩当时驻有法军和安南越奸1000多人把守，建有坚固的炮楼，易守难攻，清兵连夜摸到炮楼下，天亮时，开始发动攻击。

炮楼里的法军看见了，摇着白旗高喊："不用打了不用打了，两国皇帝已经签和约了。"

黑旗军不信邪，只管开枪射击，这时有个三画军头出来，高声说："你们回去吧，两国已经签了和约，成友好国家了。"

攻打总指挥朱统听了，下令停止进攻。

刘永福生气地说："法寇的话不能信，黑旗军弟兄们，只管往死里打，直到消灭他们为止。"

朱统听了，连忙说："刘大人，多一事不如少一事，要是真的签了和约，我们乱打，就是违抗上头命令，弄不好被军法处置。"

刘永福怒气冲冲地说："法冠是我们不共戴天的敌人，不能错过机会，弟兄们冲呵杀呵。"

吴凤典连忙抱住他说："算了，朱统大人都叫停了，我们不要生事，问清楚再打也不迟。"

刘成良也跟着劝说，刘永福才愤愤不平地停下来。

朱统带队回到临洮府，向岑毓宝汇报了法军所说之言，岑毓宝听了，连忙派人向驻扎在顿关的岑毓英报告。

岑毓英听了情况汇报，对来人说："我们并没有接到上谕，但据法人所云，谅非虚假。惟事既如此，所有各处扎营，概暂退回顿关，打探消息，再作打算。"

不日，上谕到，限令接到上谕七天内所有兵力都要退回保胜。

岑毓英让传令兵传令，所有军队全部撤回保胜。越南民众听说清兵退回保胜，都炸了锅，纷纷来见岑毓英。

岑毓英无奈地说："退兵是皇帝的命令，不敢对抗圣旨。"越南民众则说："如岑大人退了兵，我们越南人个个都将成为法军牛马，以后有得受罪了。"

说完民众呼号痛哭，场面很是悲惨。

岑毓英很不忍，想出了一个计策说："要不，你们通通剃了发，我发给中国的号衣给你们，我兵退后，你们在此驻守。"

民众议论纷纷，有同意的，有反对的，最后因为意见不统一，只好不了了之。岑毓英后又接到命令，率领全部人马退回云南。

他的队伍从顿关起程经过宝河时，坐的五条小船，突然在宝河内被风掀翻，船上所有幕僚，师爷，家人全部溺死，他坐的船却有惊无险，惊魂未定的岑毓英在宝河住下，下令所有驻扎在保胜的军队全部退出保胜。

刘永福不肯随队，而是带着黑旗军坚决驻扎在保胜。

于是，云南方面的岑毓英催他回国，广东方面的张之洞

催他回国，分别于光绪十一年三月初一日、三月初三、三月十八日，四月三十日连下四道上谕，摧促刘永福回国。

为了让刘永福回国，刘永福提出的回国条件基本都答应了，光绪十一年四月二十五日的答复中，一共答应了十一条，现摘三条于下：

准带2000精兵回国，饷械由广东供给。

家属孤寡多家，准赏银二万两，以为安家之资。

贵提督[1]所部将士，历年征剿法匪，出力伤亡各员弁兵勇，自应给予奖恤，以昭激劝。贵提督到广东后，可开单票，即当代为奏悬圣恩。另外，还有关防印章，回国后的安排等等。

到了七月，刘永福再也找不到借口留在保胜，只得回国。

（1）光绪十年（1884）七月，刘永福被清政府授为记名提督衔，故有提督一说。

第七章　虎将归国

　　清政府核定刘永福只能带2000精兵回家，但刘永福在越南征战多年，和黑旗军已经结成了血肉关系，不忍心扔下一个黑旗军将士，经过反复协商，他提出政府不拨款的人自己来养，结果到回国时，全体黑旗军3000人全部随队回国。由于山路远，行动不便，除了银两，枪械，还余下十万斤稻谷，铜大炮十多尊，还有战船，这些折价近十万元，岑毓宝对刘永福说："这些物品不方便搬运，交与我来处理，回国后折钱给你。"

　　刘永福信以为真，移交给了岑毓宝。

　　六月下旬，刘永福先派先行部队1000人回到云南，他于七月上旬，才带着2000黑旗军回国。

　　黑旗军流浪越国多年，现在可以十分光彩地回国，人人高兴，个个欢呼，好不热闹。

　　刘永福一行从云南入关，七月十二日到了云南南溪，南溪离保胜也就是50多公里，在该处休息两天，对随队回国的所有人员进行了第一次奖赏，每人发银一条，有十两重，大家自然高兴。七月二十日到达百色，在百色住下来不几天，收到岑毓英信函一封。打开一看，原来清政府又给他奖赏，这次给他封号为"依博德恩巴图鲁"，并赏给三代一品封典，落款是七月二十八日。

刘永福自然高兴，部下都来祝福。刘永福感觉人生真是无常，想到同治六年，自己如丧家之犬被清政府追杀，无处可躲才逃到越南寻一立足之地，想不到十八年后却如此衣锦还乡，人生真是祸福难料。

报国无门

刘永福能够立身扬万，就是因为他讲忠义，守信用，有恩必报，想到清朝皇帝有恩于自己，便想着要好好报答，于是，他刚回国，就到南宁报备，希望留在南宁为国效劳。

当时的广西巡抚李秉衡听说刘永福想在南宁谋官职，心里打起了小九九：这刘义当年在广西搅得天昏地暗，如果不是冯子材调集大军围剿，广西早就成了他的天下，在越南时，处处特立独行，根本就没人能够驾驭他，要这么一个野性十足，一身反骨的人留在身边，那是自找麻烦。

主意打定后，便多方托词不让刘永福待在广西。又因为一件鸡零狗碎的事，刘永福和广西委员孙鸿勋发生矛盾，孙鸿勋没有李秉衡那么深谋远虑，李秉衡忌刘永福，只藏在心里，而孙鸿勋却直接向两广总督张之洞告状："刘野性未改，如果让他带3000多兵，随时可能就反了。最多只能给他1000兵。"

张之洞听了这些闲言碎语，心里也不太踏实。其实，张之洞这人应该说是清朝众多官员中比较有远见，有胆略、有魄力的好官，后人评价他为清朝四大名臣，也不是浪得虚名。冯子材和刘永福能成为民族英雄，没有他的举荐根本不可能，因为有他的推荐，两人才得以同时举起反法大旗。从内心来说，他对刘冯两人都非常尊重，但作为一个政治家，下决定，必须能做到防患于未然。

虎将
刘永福
HU JIANG
LIU YONG FU

于是，他一边发动广东各界捐款白银4万两给刘永福安置战死的黑旗军遗属，一边指示刘永福要裁减2000黑旗军，并且在来函中说明，如果广西方面不好安排，希望刘永福到广东任职。

刘永福对张之洞十分敬重，在抗法最艰难的时候，张之洞多次支持枪械和粮食给黑旗军，现在整个广西都没人肯收留自己，张之洞不但请自己到广东任职，还支持4万两白银安置孤儿寡母，为了这个人情，裁2000就2000吧。

不过，最后刘永福还是提出，自己出饷多留200黑旗军。

张之洞也没有反对，也许是考虑如果逼刘永福太紧，说不定真的要反水。

广西那些看眼色行事的大大小小州县官，看到广西最大的头都不愿接收刘永福，自然大家都找各种借口不愿刘永福在自己一亩三分地里安家。

走投无路的刘永福只好将家眷暂时安置在宾阳外家，这已经是十月份的事。

想到要到广东，也不知什么时候才回一次广西，他心里惦记着在越南时岑毓宝帮助处理的战船大炮稻谷，便到南宁询问是不是有钱转到广西。

管事的告诉他，这笔钱在交接清单中没有记录，以后他又去函岑毓宝打听，岑毓宝吱吱唔唔没有明确回答，后来又催了几次，还是没有消息，至此，刘永福终于明白，这十万货物的钱被岑毓宝吞了。

在他将要到广东任职时，有个人向他伸出了手，这人就是他的亲家冯子材。

冯子材奉命回国后，因苏元春冒领镇南关——谅山大捷之功，差点引起萃军哗变，为了平息萃军的愤怒，清廷采纳了张之洞的意见，快刀斩乱麻，任命冯子材督办北部湾，苏元春任广西提督。这样一来，两人都有了着落，萃军的怒气才消了。

冯子材在北部湾广宽的海岸线布防，加上还要兼顾上思和龙州的纵深防御，深感捉襟见肘，现在听说广西当局不愿收留刘永福，便向两广总督张之洞去函，请求把刘永福放在北部湾驻防。

张之洞本来对安排刘永福就有些不踏实，看到冯子材的信函，喜出望外，当即向清廷报告："刘籍在钦州，产在上思，归冯调度，必出力而又相得。"

刘永福对冯子材的盛情却不敢承领，刘永福心里想：我在冯子材眼里始终是个贼寇，当年，他派覃大统围剿吴阿忠，我如果不是跑得快，早就死在他手下。此人只知执行清廷命令，全无兄弟之情，黄崇英和他穿开裆裤就做兄弟，被刘八关进大牢时黄崇英还舍命相救，最后是他领清兵剿灭了黄崇英。还有李扬才，当年提着单刀千里走镇江，在他被太平军打得灰头土脸时赶去支持他，每次大战，李扬才都舍命投入，冯子材官帽上的红顶子，染的都是李扬才的鲜血，自己这么得力的部下，他都狠心剿灭，我和他虽然已经有了亲家的名份，女儿英娇和他十一子相焜结婚的日期已经定了下来，计划年内成亲，但比起国家大事，这点儿女情就得靠边，绝对不可能和他共事。

想到这些，他立马拒绝了张之洞的意见。

张之洞不了解内情，还来信询问李秉衡："渠不愿思、钦。何意？畏法耶？避冯耶？示复。"

赴粤任职

十二月初，刘永福带着亲兵200名，和裁后留下的1000名黑旗军，加上刘永福自己开饷的200人，一共1400名黑旗军赴广东任职。

黑旗军到达梧州，张之洞派手下送来号衣1200件，包头带1200件，刘永福收了下来，吩咐黑旗军换上新装，又开拔，到省城时，已经是十二月二十五日了。

刘永福没有动身前，张之洞便吩咐手下在燕塘给黑旗军建了营盘，燕塘位于如今的天河客运站附近。

黑旗军到达省城，就安顿在燕塘一带。

光绪十二年（1886）大年初四日，刘永福到总督府拜访张之洞，向张之洞说明自己增留200名黑旗军的重要性："这些黑旗军跟随我转战多年，他们的特长我如自己手指一样清楚，现在虽然和谈了，但外番亡我之心不死，留下他们，随时为国家效力，一旦放归山野，有战事，就算能召集回来，长期不训练也不能担起大任。"

张之洞回答说："你所领之兵1200人已经向朝廷备案，如果要加多人，只能你自己出钱来关饷，这个我没法帮你。"

刘永福只好又说："我从越南回国时，如下的物资合计有十万两白银，当时岑毓宝答应帮变卖把钱转到广东，现在不知这笔钱到了没有？"

张之洞说："没听说有过这件事，你自己去信云南了解一下。"

刘永福听了，闷闷不乐地离开总督府。

回到燕塘看着简陋的营盘，心里有些七上八下，想重建又没钱，一筹莫展。过了几天，又硬着头皮找张之洞申领加固营盘费用。张之洞看见刘永福脸色不好，不想刺激他，当即给他拨了建设费白银1800两。

刘永福拿到这笔钱，对营盘进行了改建，一个月内完工，黑旗军总算真正把家安置下来。

到了三月份，朝廷的任命书正式下来，任命刘永福为南澳镇总兵。

严格练兵

南澳是广东省内仅次于海南岛的海岛县，南澳岛海岸线77公里，大小港湾66处，坐落在闽、粤、台三省交界海面，东南距台湾高雄160海里，东北距厦门97海里，西南距香港180海里，处在这三大港口城市的中心点，濒临西太平洋国际主航线。地理位置十分重要，它由37个大小岛屿所组成，陆地面积130.90平方公里（其中主岛面积128.35平方公里），海域面积4600平方公里，在三省交界之处，海域这么大，要守好这37个岛屿实在力不从心。

八月的一天，风平浪静，刘永福带着再次被裁剩下的1000黑旗军，坐着舰船开进了南澳湾，登上了深澳岸。

由于南澳岛地处东南沿海要冲，介于粤东与闽南之间，是军事要地，清朝统治者怕驻守在这里的总兵拥兵自重，所以一个小小海岛竟划分由广东和福建共管。中间由雄镇关做为分界线。

岛上的总兵府最初建于明朝万历四年（1576），是当时的南澳副总兵晏继芳建造的。万历九年，副总兵侯继高增建总兵府的后楼，成为一个完整的总兵衙署。

即将离任的南澳总兵邓万林兴奋地指挥部下抬着八人大轿来欢迎刘永福。他能不高兴吗，驻扎在前不靠村后不靠店的南澳岛多年，这次皇帝开恩，终于另外给他安排工作，让刘永福来接替自己，他要把交接手续办得顺顺利利，让刘永福心情舒畅地替换自己。

邓万林把刘永福抬进总兵府，拍拍屁股走人。

刘永福经过几天考察，大致了解了岛周围的情况，他把1000人分为五个营，每营200人，驻守南澳广大地区。

待一切安顿下来后，刘永福制定严格的训练计划，下发到各个驻

守点，他要把每一名黑旗军都训练成海上蛟龙，他要让这支队伍召之能来，来之能战。

光绪十二年秋天某日，在碧波浪涌的南澳海域，远远的开来了三艘呈品字形的战舰，第一艘是驱逐舰，第二艘是护卫舰，第三艘是登陆舰。这支队伍是拉练来了，驱逐舰甲板上站立着一个40多岁的壮年男子，他脸如刀削，颧骨突出，不时拿起望远镜，巡视着南澳海疆。

在这么一片广袤的大海里，1000兵力能起什么作用？他长长地叹了一口气，他的爱犬黑虎蹲在他的脚下，听到他叹气，头高高地仰起，好像想知道主人为什么忧眉苦脸。

他突然下命令：登陆舰左舵全速前进，登陆目标烟墩湾。听到命令，登陆舰拐了一个大湾，向着烟墩湾劈波斩浪全速行驶，突然他又下达命令，驱逐舰遭受敌人火力攻击，护卫舰开炮，将敌人消灭。

两艘战舰在他的指挥下，来来回回地奔跑，中途，他看见刘成良无所事事地站在甲板上张望，一脚将刘成良踢下大海，刘成良呛了两口咸苦的海水后晃着头叫喊："弟兄们快救我。"

他不知道父亲为什么突然这样对他，脑子里快速地回闪着近段时间做错了什么。刘永福听到叫喊，对全体黑旗军下命令："谁也不准救他，如果他不能自己爬上船，打起仗来连自己都保护不了，还指望他保家卫国。"

刘成良这才清醒过来，知道这是父亲在严格训练自己，他本来就熟水，在越南红河一带和敌人周旋时也不知落水有多少次了，这次虽是茫茫大海，和江河不可同日而语，但既然父亲要训练自己，就是死也要爬上甲板。

想清楚后，他也就不吱声了，为了保持体力，他放平身体，当大浪到来时，他被卷入海底，一会儿又被大浪抛上浪锋。

黑旗军个个屏声息气，手上都捏出了汗。刘成良突然扬起双手，比划着不知说什么，有人猜测：好像他发现了什么，在招呼我们快点过去，总兵我们怎么办？

刘永福也看到刘成良在招手，他想，莫非水下有怪？想过后下令驱逐舰开过去看个明白。

战舰越来越近刘成良，刘成良说的话大家都能听清楚。刘成良大声说："水里有水怪，好多，在我身边发现好多个。"

刘永福听了，指示说，暂时抛锚，安排两个人驶个小舢板过去，看看是真是假，如果是假的小舢板立即返回。

那小舢板开近刘成良，正要问话，刘成良瞄准时机，一跃抓住了小舢板的左弦，小舢板差点被掀翻，船上两人拼命用撑杆固定，小舢板才稳定下来。

刘成良一个鸽子翻身，人已经到小舢板上。

刘永福远远看见，会心地笑了：这小子终于学会使计了。

三人回到驱逐舰上，大家围过来都问水下发现什么，刘成良忍住笑说："发现一群美人鱼，差点就可以抓住一条。"

刘永福听了，不客气地说："别以为这点小岐两骗得了大家，下次就没有这么好运气了。"

刘成良听了，脸红红地说："父亲教导得对，下次一定认真训练。"

大家这才知道刘成良是使诈回到战舰上。

经历这件事，大家在以后的训练中，更加拼命，每次都当它是实战一样来对待，水上战斗力得到很好的提高。

刘永福在紧张训练之时，开始建造兵工厂，自己制造枪支弹药，制作水雷、地雷近千个。

光绪十三年（1887），他的肩上又加多一副担子，署理碣石总兵，署理就是兼任的意思。八月到任后。还没有开始训练部队，朝廷下旨，命他赴京见皇帝。

虎将
刘永福
HU JIANG
LIU YONG FU

借钱上京

进京朝觐，一要来回路费，二要打点京城各相关人员，刘永福原来从越南带回的钱，一部分用在安置黑旗军遗孤，一部分用来买了一只船在南澳巡海，现在手头无钱，也不知如何是好，想来想去，只得向张之洞的总督府借钱。

张之洞想不到刘永福如此窘迫，爽快签字借了2000两白银给他。

刘永福手上有了路费，于八月下旬带着10名亲兵和持从坐轮船北上。这次朝觐，广东水师提督方公耀也同行。

到了九月底才到达北京，路上开支了差不多一半的经费，想着这点钱什么事都办不了，连个旅店也不敢住，为了节省开支，只好住在钦廉会馆。

这次进京，和皇帝皇太后没有说上什么话，见了三次面，见光绪两次，都是由庆亲王引见，光绪只是寒暄了几句。诸如从水路来还是陆路来，虎门现在怎么样，刘永福也是简单回答几句，见太后一次连一句话都没有说上。

由于在京多日，钱花完了，刘永福只好向同行的方公耀又借了2000两。

这2000两钱，他捐了200两给钦廉会馆，随行看戏花了100两，如下的这点钱，他像征性地买了几件玉器、燕窝、追风丸送给了在京期间给予方便的诸官，虽然礼物轻薄，但官员都收了，只有礼部的官员担心收礼被查革职不敢收。

十月十八日离开京城，十二月回到广东，想到没钱还张之洞和方公耀，心里一直没法安生，最后只好将那只巡逻船卖了，得5000两白银，这才还了张之洞和方公耀的欠款。

这次进京，前后花了四个多月，路上奔波劳碌估且不说，花去的几千两白银也不计较，遗憾的是光绪帝居然没有征询一下自己对保边守国的一些经验体会，这让他很失落。

黑虎救主

刘永福这次上岛，专门带了一只名为黑虎的军犬来到岛上。这只军犬直立有一米多高，毛色光滑，反应敏捷，屡建功勋，刘永福对它特别用心，不论去什么地方，都带着黑虎，有人开玩笑说，这黑虎比黄美兰还重要。

黄美兰是刘永福唯一的夫人。王美兰生于1850年，刘永福大她13岁，她原籍广西宾州，6岁开始识字，诗画兼备，由于会算数，人聪明，父亲黄仕灵到云南南溪经商时，便带她随往照顾生意。

黑旗军当年初到保胜，粮草不足，走投无路之时，只好投靠黄仕灵寻求帮助。黄仕灵看到刘永福脑瓜聪明，心里喜欢，便作主把黄美兰嫁给刘永福。

刚开始结婚时，刘永福或许有度过难关再说的想法，但随着两人一起生活时间的推移，刘永福不知不觉中爱上了秀外慧中的黄美兰，黄美兰对刘永福的最大帮助，莫过于每天不论多忙都要教刘永福识字。刘永福后来能阅读书函，除了王者佐的教导，与黄美兰的细心和严格要求是分不开的，据说，为了督促刘永福学习，黄美兰要求刘永福每天无论多忙都要认字10个，长年累月下来，刘永福受益匪浅。他们两人共生了三子二女，大儿子刘成章，二儿子刘成业、四儿子刘成文。养子刘成良，在四个儿子中最得刘永福疼爱，他不但一直跟随刘永福抗法，在台湾抗日最艰难的时刻，一直贴身护卫刘永福，曾担任云南省安宁州知州。两个女儿大女儿刘宣娇已经嫁给李文琴，二女儿刘英

娇1898年与冯子材十一子冯相焜完婚。四儿二女在黄美兰的严格教育下，都健康成长，自食其力，这是刘永福最欣悦之事。

刘永福非常敬重黄美兰，现在有人把黑虎比作黄美兰，无非是想证明刘永福爱狗之深。

爱一个人或一个物是有原因，刘永福爱黑虎，自然有爱的道理。刘永福在越南抗法时，多次遭对头下毒手，每次都被黑虎发现，及时救了主人。

现在孤守海岛，一有时间，刘永福便带着黑虎在岛上散步，和黑虎说说心里话，黑虎是个忠实的听众，刘永福和他聊天，他像听懂了刘永福的话，不时摇头晃脑地回应刘永福。

刘永福登上南澳岛半年后，有天深夜，一个杀手鬼鬼祟祟地在总兵府附近偷窥，待巡夜的黑旗军离开，他箭步冲近围墙，迅速一跃，人已经上了墙头，再一跳，人已经进入总兵府。

总兵府守夜的黑旗军发现有异，还来不及报警，已经被杀手一刀封喉。

杀手解决了守夜的黑旗军，按白天侦察好的位置直奔总兵卧室。

趁着微弱的月光，他看见床上躺着一个人，便迅速扑向床，他举起锋利无比的比首，对着床上人心脏的位置插下，正在这时，黑虎像离弦之箭扑上前死死咬住杀手拿刀之手，杀手忍不住喊出声来。惊醒的刘永福从床头摸出枪，一跃跳下床，黑虎看见主人醒了，把杀手掉在地上的刀叼给刘永福，眼光里全是安慰。

杀手看到事情败露，只一个劲地求饶，刘永福也就网开一面，经过审查，杀手承认帮日本人杀刘永福。刘永福借助这个杀手，最后擒拿了幕后的日本浪人，成功躲过暗杀。

别样的虎字

刘永福担任南澳总兵期间，每年都会安排时间到各驻守点检阅黑旗军的训练情况。光绪十八年（1892）十月的一天，从南澳总兵府深澳码头开出一艘军舰，向着离南澳50海里的潮阳县海门开来。

军舰甲板上站着55岁的刘永福，刘永福披着黑色的披风，指挥刀挂在右腰上，脚下蹲着他的爱犬黑虎，正在凝视风平浪静的海面，他对幕僚王熙、熊文英说："别开现在这片海面风平浪静，但下面却是暗潮汹涌，黑旗军的训练一天也不能松懈，据可靠消息，日本鬼正在日夜备战，扩充军械，我们和日本鬼迟早要打一仗。"

王熙小心地回答："据传，日本人制定有一个方案，先攻下朝鲜，再进犯我国，备战真的要未雨绸缪，不过，南海离日本较远，总兵也不必过于操心。"

熊文英听了两人的对话，插嘴说："现在朝廷到处弥漫着怯战思想，如果让冯提督和刘总兵撑握兵权，敌人就不敢小觑我堂堂中华。"

熊文英的话勾起了刘永福内心的痛处，想到中法战争反胜为败，越南拱手让以法国，他就满腔怒火燃心头。

他恨恨地说："全国也不知道有多少像黑旗军一样能征善战的兵勇被裁撤，用兵之人糊涂如此，国家的危难眼看就要来了。"说完，摇摇头说："今天海门的操练要全套，王熙到时你和林清丽说一下。"

林清丽是黑旗军驻守海门主要负责人，守备衔。

林丽清此时正在忙得一佛出世，二佛升天。

前几天他接到消息，刘永福今天要到海门检阅黑旗军年训情况，他一点也不敢大意，提前做了具体迎检方案。此时，他正带领着200黑旗军，个个披坚执锐，喊声雷动地进行最后的操练。校场上黑旗招展，

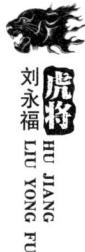

年轻的黑旗军个个精神抖擞，他们要以最好的成绩接受刘总兵的检阅。

突然有人惊呼："刘总兵到了。"

大家往码头方向一看，刘永福正在随从的陪护下，快步如飞地走来，林清丽连忙迎上前，行了一个标准的敬礼动作，响亮地报告："黑旗军已经正装待发，请总兵检阅。"

刘永福看到自己的兵勇生龙活虎，开心地说："操练现在正式开始，弟兄们，就看你们的了。"

刘永福话音刚落，各种操练就正式开始。

格斗让人眼花缭乱，爆破作业快准狠，队形操练变幻莫测，拳击嘴嘴到肉，真枪实弹。刘永福坐在主台上看得眉开眼笑，不停地鼓掌。

操练结束，林清丽请求刘永福给黑旗军训话，刘永福也不推辞，站在台上，对操场上的黑旗讲话："弟兄们，黑旗军所向无敌，法国鬼被黑旗军打得屁滚尿流，今天多流汗，就是为了战时少受伤。今天大家表现很好，有几名弟兄挂了彩，这点伤没事，真打起仗来，不是你死就是我活，没有第二条路，为了战胜敌人，我们一定要自己强大。现在国家是多事之秋，大家要随时想到为了保家卫国练功，现在西洋武器利害，我们要以夷制夷，学习好西洋枪法，随时消灭犯我之敌。"

校场上欢声雷动，黑旗军久久不愿散去。

刘永福为了勉励黑旗军，干脆在校场上和黑旗军共进午餐，在吃饭的时候，刘永福详细地了解黑旗军平时的生活情况，家人情况，让黑旗军非常感动。

下午，刘永福在林清丽等人的陪同下，到海门镇附近的莲花峰参观。

莲花峰是一座小山，因形似莲花而得名。一行人走到莲花峰下，抬头一看，只见100多米高处呈现出四个大字："古莲花峰。"

王熙向刘永福介绍说："这四个字是海门名士张鲁庵所写。张鲁庵名张燮，是海阳人，是宋末有名的学者，他潜心研究理学，颇有成就。元朝邑吏士绅劝他出山帮理政事，他始终不肯答应，婉言辞却，情愿隐居在荒僻的莲花峰，从事耕读，过着清贫的生活。他学习认真，书读得很多，儒家的经典更是精通。他跟劳动群众很接近，和附近的乡邻们经常来往，从来不摆架子，更不会故作清高。因此，邻人们都敬爱他。后来潮阳县令看到张鲁庵的生活清贫，劝他出来做官，他始终不愿出仕，宁愿过着清贫的生活，更不愿改节事元。鲁庵死后就葬在莲花峰下，墓就在那边。"

大家往左边一看，果然有一座石砌大墓，墓碑上刻着"宋祖处士理学儒宗鲁庵张公之墓"。

刘永福听了张鲁庵的事迹，看了墓碑，感慨地说："中国需要有更多的张鲁庵，做人如果没了气节，腰杆子就永远挺不直。"

后来又转到莲花峰另一面，峰上有两个大字"终南"，刘永福肃穆地凝视，读不懂其中的那个南字，问王熙："这个字怎么在里面有个午字，这字怎么读。"

王熙是个读书人，读书破万卷，平时没有什么能难倒他的，但这一次，他有些为难了，搔了搔头皮，不好意思地说："总兵，我孤陋寡闻，不知是什么意思。"

林清丽连忙说："这个，我倒是知道怎么读，就是南字，至于里面多了个午字，我是到海门后从乡民口中了解的，据乡民传，这字为文天祥所刻。传说文天祥当年千里勤王追宋帝，来到海门，宋帝却已经离开，他心情十分难过，于是拿起长剑在莲花峰上刻了终南两字，由于当时正好是中午，他故意在南字中刻上了个午字。"

刘永福听了，又大发感慨："文天祥是我最佩服的古人，人生自古谁无死，留此丹心照汗青，多好的诗。"

后来又发现峰上有一龙字，刘永福看到龙字，雅兴大发，想到自己跟随王者佐练了多年虎字，手一下子痒起来。大喊一声："龙腾虎跃，

不能让龙独守莲花峰，我得给莲花峰添个虎字。"

众人自然一呼百应，近臣都知道刘永福一直在练虎字，而且别具一格，于是大家都齐声说："请刘总兵留下你的虎字，供后人观赏。"

刘永福自然高兴，回到兵营，林清丽已经派人提前备好了笔墨和宣纸。

刘永福也不兼让，端正地握起如大笔，一挥而就，宣纸上定格出一个别样的虎字。这虎字造型奇特，走笔疾风，尽

刘永福所写的虎字

显百兽王者风范。最特别之处就是虎头上的两只圆圈像极了虎的两只眼睛，虎身浑圆，如虎字连笔的大小两圈，虎尾中间一笔直拖强健有力。后来，海门参将黄义德请人将刘永福的虎字刻在莲花峰龙字对面，如今莲花峰上还完好地保存这个珍贵的虎字。

他一生的好友铁禅对他这个虎字这样评价："昂然七尺立群伦，祖述未能愧国人。虎视眈眈悬壁警，时观遗墨显精神。"

建府钦州

光绪十四年（1888）八月，刘永福回博白扫墓，十一月，由博白往钦州，这次到钦州，计划购买莫家老房，在钦州建府。

刘永福决定在钦州建府，有一段插曲。原来冯子材在刘永福从越

南回国后，诚邀他来钦州共守北部湾。

刘永福当时怕冯子材一朝反脸，自己小命不保，没有答应。后来，冯子材了解到刘永福的真实想法，给他写了信，信中说："古人说，'一山不能藏两虎，'君切不可信，夫惟英雄敬英雄，君祈安心，在钦州落业为上。"

刘永福看到冯子材这么诚恳，想到钦州是自己的袍衣地，落脚在钦州有诸多方便，便委托熟人在钦州物色土地，当时莫家急于出售老物业，妹有情，哥有意，一谈就顺利成交。光绪十五年正月，刘永福回宾州把全家老少全部接到钦州，住在莫家老宅。

这次回钦州，前后花了差不多一年时间。

光绪十六年他回到广东的时候，张之洞准备赴湖广任总督，李瀚章接任。

李瀚章是李鸿章的哥哥，接任两广总督前，他于光绪十年（1884），任漕运总督，加兵部尚书衔，赐西苑乘船。

李瀚章能做到总督，靠的是自己的实力，并不是靠李鸿章才得提拔。他到任后，对官吏系统进行了整顿，下的第一道命令，就是广东广西大大小小的官员，都得回归本任，不能一人占几个职位，出了事东拉西扯不负责任。

这一整顿，刘永福便不用再署理碣石镇总兵之事，可以腾出更多的精力来经营南澳军务。十月份，他回到燕塘，即率领全体兵士到厦门举行军训，当时，福建、浙江的提督都来观摩他们的军训。

军训告一段落后，刘永福为建府之事于光绪十七年（1891）又回到钦州，这次专门请了覃鸿钧、刘凤岗、刘西培等人帮助筹备建府的材料，还派出人手到越南运回白木杉，各项建筑材料都已备妥，只等着吉时开工大吉。在开工建设自家府宅之时，刘永福在自家房子对面建了两条街，名之占鳌街和攀桂街，两条街全用来安置黑旗军遗孤。

虎将
刘永福
HU JIANG
LIU YONG FU

这一年，府宅建成，名字是刘永福自己起的，叫三宣堂，以纪念他在越南宣光、山西、兴化三省任提督的历史。建成的三宣堂占地面积22776平方米，主体建筑面积5622.5平方米，有大小厅房119间，用料考究，造型端庄而朴实，规模宏大，布局独特。主屋分三进，坐北朝南，为中国式圆柱瓦檐，墙上有圣贤豪杰、文武将臣、彩凤仙鹤等一百多幅画，金饰。

主体建筑的左包廊后面是近1500平方米的晒谷场，有谷仓10间，这些谷仓专门储备谷米，荒年时则开仓济民，钦州民间有谚语："远亲不如近邻，近邻不如刘大人；年终失收唔使慌，肚饿去找三宣堂。"

刘永福汉白玉雕像

第八章　奉命保台

1868年，日本通过明治维新，"脱亚入欧"，开始走上资本主义道路，国力日渐强盛。当时的日本，正交叉进行两次工业革命，日本产业革命出现高潮，因此急需对外的商品输出和资本输出。但由于日本国内本身的资源匮乏、市场狭小，加之国内封建残余势力的浓厚及社会转型期各种矛盾的尖锐，以天皇为首的日本统治集团急于从对外扩张中寻求出路。为此，1887年，日本政府制定了所谓"清国征讨策略"，逐渐演化为以侵略中国为中心的"大陆政策"。其第一步是攻占台湾，第二步是吞并朝鲜，第三步是进军满蒙，第四步是灭亡中国，第五步是征服亚洲，称霸世界，实现所谓的"八纮一宇"。而甲午中日战争就是日本实现"大陆政策"前两个步骤的重要环节。

朝鲜国内形势的发展，使得日本侵略的顺序发生了变化。

东学党人起义与甲午中日战争

金樽美酒千人血，

玉盘佳肴万姓膏。

烛泪落时民泪落，

127

声音高处怨声高。

这首在朝鲜广泛传诵的歌谣，是十九世纪末期朝鲜统治阶级横征暴敛，人民贫苦不堪，在水深火热之中挣扎的生活写照。连俄国驻华公使喀西尼也向沙皇预报："全朝鲜陷于沉重而日益增长的激愤情绪已有相当时日，这种激愤情绪极易转变为公开的暴乱。"

果然，1894年东学党武装起义在全罗道古阜郡爆发了。

2月15日，成百上千名百姓在全唪准率领下，向郡衙冲去。群情激愤的人们高举着鸟枪、长矛、大刀、铁叉、锄头、木棍，有人把平时供在厅堂里的祖传宝剑也拿了出来。赵秉甲闻讯，吓得屁滚尿流，赶紧逃走。起义军占领郡衙后，打开仓库，将粮食和钱财分给农民。

全罗道观察使金文铉立即派两百名官兵前去镇压，起义军大败官军，领兵官李庚镐被击毙。

起义军初战告捷，士气高涨，乘胜追击，直指全罗道首府全州。沿途参加起义军的农民很多，武器也大有改善。不久，全唪准被推为总督，金德明为军师，两个大将孙和中与金开男各领一军。起义军纪律异常严明，规定不准吸烟，不得奸淫妇女，不能损坏良田，违者严厉惩处。

朝鲜政府接到官军被起义军打败的报告，惊恐万状，急派京军壮卫营正领官洪启薰为招讨使，率军分水陆两路开赴全州。

洪启薰先向起义军发出招降书，威胁利诱，但全唪准不但拒绝投降，而且率军偷袭灵光县，生擒守城军官黄万基。

洪启薰一看招降不成，决心用武力镇压。

他的部队经过新式训练，是当时朝鲜惟一配备西方新式武器的军队。但洪启薰感到起义军声势浩大，便密奏朝廷，建议借外兵镇压。

朝鲜国王害怕引狼入室，不敢轻易借兵，只加派四百人增援。

援兵还未到达，两军已在长城郡月坪洞交火了，全唪准采取避实就虚的战术，不与敌人正面交锋，拖着敌人从灵光到兴德，从兴德到咸平，然后转进长城郡。起义军在城南月坪洞扎营，敌人长途追击，疲于奔命，士气低落。

5月24日，洪启薰率军追至月坪洞，只见丛林密布，郁郁葱葱。洪启薰害怕埋伏，便先派小部队试探虚实，自己躲在后面观察动静。官军哆哆嗦嗦地走进树林，只听喊杀声起，吓得回头就跑。洪启薰一看，丛林中冲出的起义军老的老、小的小，大多拿着大刀、长矛。他顿时壮起胆来，跳起来大叫："冲上去！"

官军无奈，只得掉头冲锋。起义军却仿佛不堪一击，纷纷逃散，这一下洪启薰意气风发，指挥官军全力追击。

不料，追入树林后，无数的起义军从四面八方冲了出来，顿时杀声震天，官军猝不及防，大败而逃，武器扔得满地都是。官军伤亡两百余名，洪启薰抱头鼠窜。

起义军乘胜进军全罗道首府全州，31日，起义军逼近全州，占领完山，以缴获的野炮向全州城内轰击。此时，全州的军队全部被洪启薰调走，城内无兵驻守，观察使金文铉弃城而逃。6月1日全琫准率军入城没收官衙及土豪财富分给贫民，并严禁伤害百姓，受到百姓的热烈欢迎。

全琫准占领全州后，忠清、庆尚两道的东学道徒群起响应，起义军控制了朝鲜南部三道，并建立了自己的政权机构。

朝鲜政府无力镇压，只得向清政府求援。

清政府在得到朝鲜政府的求救后，出兵朝鲜镇压东学党起义，而就在此时，日本却以保护日本侨民为借口向朝鲜出兵一万。

之后，日本军队突袭了汉城王宫，挟持高宗和闵妃，扶植亲日傀儡政府。1894年7月25日，日本不宣而战，在朝鲜丰岛海面袭击了增援朝鲜的清军运兵船"济远"、"广乙"，丰岛海战爆发，海战中日本联合舰队第一游击队的"浪速"舰悍然击沉了清军借来运兵的英国商轮"高升"号，制造了高升号事件。至此，日本终于引爆了甲午中日战争。接着，日军派出16000部队分四路围攻平壤，兵力分散，由于李鸿章"先定守局，再图进取"的作战方针以及清将叶志超的胆小昏聩，左宝贵等人攻打日军的行动不断遭到叶志超的阻挠，日军遂顺利完成了对平壤的包围。最后15000人的清兵被日军打败，败退回鸭绿江。

奉旨帮办台湾

消息传回国内，举国哗然，身在南澳的刘永福更是义愤填膺。

刘永福自从越南回国后，清廷畏他如虎，名义上给了他总兵的名号，暗地里却是把他围困在孤岛，在南澳岛白白浪费了8年宝贵时间，忍受着朝廷的猜忌和不信任，他明知道朝廷的一直防着自己，但国家有难，匹夫有责，他也不计较，得知朝鲜之战大败后，他立即上书清廷，表达招回旧部，奔赴朝鲜参战的决心。

而此时的朝廷早就乱成一锅烂粥，主战主和又吵得不可开交，最后以光绪帝为首的主战派占上风。时年慈禧太后六十岁，她盼望从速结束战争，以免耽误她大办庆典，因此倾向和议，但迫于清议，一时尚不敢公然主和。

在这样的大环境下，刘永福在光绪二十年七月初五日（1894）接旨："南澳总兵刘永福，著谭钟麟饬令酌带兵勇前往台湾，随同邵友濂办理防务"。

众所周知，防敌得有兵员，而此时的刘永福，由于清政府以财政困难为借口，一裁再裁，3000黑旗军只剩下300人，300人怎么抗敌？清政府头痛医头，即令两广总督谭钟麟将临时拼凑的1000潮勇划给刘永福。

刘永福看到这支以老弱病残为主体的潮勇，倒抽了一口冷气，这些潮勇和黑旗军实在差太远了。但远水救不了近渴，有人总比没有强，抱着这样的心态，刘永福把潮勇中老弱病残兵员裁除，另外加招了部分强壮劳力进来，组成了四营2000人，同时，派儿子刘成良招募两营任统带。还派人速回钦州把赋闲在家的吴凤典招回。

光绪二十年八月初四日祭旗出征，带着旧枪800支，四个月军饷，率军登上"威靖"、"驾时"两秀轮船向着台湾进发，经过一天的海上航行，初五日到达台南。从台南登陆，启用木质关防印："帮办台湾防务闽越澳镇总兵关防"。

刘永福征战多年，深知"倭人蓄志数十年，一旦犯我，此其平日之讲求整顿训练营伍可知矣，彼以夙经训练之众，我以仓猝之军与之言战，虽名将亦束手无策。"

刘永福并没有被日军的精良武器和训练有素的军队吓倒，到了台南，开始修筑工事，没有石头，他就改成黄泥加草纸加红糖搅和后筑工事，这种工事韧性很强一般子弹穿不过。筑好营房和炮台，他开始巡察台南的兵力布置，当时台南有四个县，因为他有帮办台湾的圣旨，地位比台南所有文武官员都高一级，自然成为台南防务总指挥。

势不两立

刘永福在运筹抗击日军的方略时，日军也不闲着，当探子报告刘永福已经到台南，而且在修筑工事时，日本人开始紧张了，日本大将桦山修书一封寄给刘永福，信中说："中日大战在即，台湾一战，以清朝的老旧武器对抗大日本的先进洋枪洋炮，未开局已定胜败，念老将军一世英名，不忍毁于一旦，如果刘大人识大局带兵内渡，天皇阁下愿奉上百万白银作回程盘缠。请将军三思，切勿错失良机。"

虎将
刘永福
HU JIANG
LIU YONG FU

131

刘永福看了，怒发冲冠，责令吴彭年回函，吴彭年在信中大义凛然地回击日本桦山："日寇纵兵杀戮焚掳，无所不到，实在上干天怒，残忍难言；背盟负义，弃好寻仇，无端而夺我藩封，无端而侵我边境之日军，中国臣民人人切齿，咸欲灭此朝食，以张朝廷挞伐之威……足下总督全师，为一国之大将，长才卓识，超迈寻常；何不上傲天时，下揆民心，憬然觉悟，及早改图，将台北地方全行退出？否则，余将亲督将士，克日进征，恢复台北，还之我朝。或从或违，悉听遵便。"

桦山看到收买不成，就多次派出浪人和各路刺客行刺刘永福。每次刘永福都转危为安，最危险的一次，一个装成中国女佣的日本妓女在刘永福喝的茶水中下毒，当刘永福拿起茶水正要喝的时候，那个妓女良心大发，又怕不完成任务便杀，干脆夺下了刘永福手上的茶水，一饮而尽，最后笑着说："用我这贱命换刘将军一命，值。"说完倒地身亡。

刘永福为这个妓女的行动感动，厚葬了这个妓女。

日本人的疯狂举动，更加坚定了刘永福战胜敌人的信心，他写信向清政府报告："福到台以来，极力筹商防务，无如台湾孤悬海外，口岸甚多，必南北一起，始可言守。"因此，他强烈要求允许他招回能征善战的3000黑旗军来保台。还建议要台南台北连线抗日。但清朝又犯了一个致命的毛病，既想用刘永福，又怀疑他，结果，他的建议被束之高阁。

刘永福的满腔热情化作两行老泪，他流着泪对王者佐说："无兵，怎能言战，无饷，何能招军。"刘永福说不下去了，就连杨著恩战死也不掉一滴泪的他此时却为了台湾的局势抛洒热泪。

邵友濂仓皇逃命

在日军大兵压境的危急时刻，台湾巡抚邵友濂吓得坐卧不安，决心通过朝中熟人游说皇帝让他离开台湾这个危险之地。

想跑路的人，自然疏忽了防务，这给唐景崧有了可乘之机，他暗地里参了一本，告状告到皇帝处。

邵友濂早年因父功由监生赏补员外郎，任职工部。一直从事的工作都是文官，从来没打过一仗，又因在台湾任巡抚时以知兵自居的潘司唐景崧有诸多矛盾。他明知道唐景崧对自己有诸多意见，于是他便顺坡下驴，运用了所有能运用的手段，重金行贿朝廷权贵，以"兵事非其所长求去职"。

朝廷居然同意了他的请求，准许他离开台湾。更具讽刺意味的是，1894年12月22日，邵友濂这个抗日逃兵居然与张荫桓同为钦差大臣，出使日本求和。

但当他们于1894年12月31日抵广岛时，日本内阁总理大臣伊藤博文与外务大臣陆奥宗光以媾和之机尚未成熟为借口，拒绝了和谈。

邵友濂只好灰溜溜地回国，不久因病免职。也算落得个应有下场。

会见唐景崧

邵友濂的仓皇离去，这个真空被时任台湾潘司唐景崧填补。

刘永福对唐景崧始终怀着感激之情，当年在越南，在黑旗军最困难的时刻，唐景崧千里赴越给自己出谋划策，并且还力尽所能地帮助黑旗军解决粮饷问题，枪械问题，还带了两营兵马和自己并肩作战。后来，由于他策动黄守忠脱离黑旗军，使刘永福在抗法中承受了巨大的压力和牺牲，尽管两人心有隔阂，但在国难当头，他相信唐景崧能处理好公与私的关系，两人携手保台，同为国家赴难。想到唐景崧已经当上了台湾最大的官巡抚，什么事都可以决定，和他一起抗日，便增加了取胜的信心。

综观历史，唐景崧和刘永福应该是命运共同体，当年那个籍籍无名的六品吏部后补主事唐景崧请缨千里赴越说动刘永福为国家扛起抗法大旗，得到两广总督张之洞，广西各路官员高开一眼，越战结束后，他得到朝廷赏识被任命为台湾兵备道，邵友濂跑路后他擢升台湾巡抚，从六品吏部后补主事升至从二品台湾巡抚。而刘永福在遭受越南朝廷猜忌，法军又要置他于死地之时，得到唐景崧的极大帮助，没有他的游说，刘永福的抗法就不会得到祖国的支持，也难有大作为，这样两个命运共同体，这次能否再次为了祖国事业携起手来，刘永福暗暗祈祷如今的唐景崧还是那个一腔热血的唐景崧。

怀着美好的憧憬，刘永福于光绪二十一年（1895）一月前往台北拜会唐景崧。

两人开始见面时十分融洽，刘永福把自己在台南巡察的情况详细向唐景崧进行了汇报，唐景崧非常专著地听，还做了笔记。

刘永福看到唐景崧高兴，便掏心掏肺地把自己最真实的想法全说了出来："台北对整个台湾来说就是中枢，有着举足轻重的作用，巡抚这个驻所，建筑不妥，且人马多有懦弱。何不我亦过来，与中丞同住，更改营盘，裁去老弱，添补精壮，且得近与商量办理，岂不两有裨益？且中丞办理民政，日不暇给，其军政事宜，千头万绪，如丝之乱，我过来相帮，尤为妥善。不知公意以为然否？"

这些建议，唐景崧误以为刘永福要抢夺他的权力和功劳。

唐景崧自知军事上没法和刘永福比，刘永福一到台北，他就得靠边站，于是，断然拒绝："老兄在台南独守一面，节制南方各统领，任便行事，已成专阃，弟虽督办之名，亦不为遥制，且鞭长莫及，台南地方实为扼要，非有威望大员不足以资镇慑；老兄既系台南，毋庸再多一样思想，又况老兄顾台南，弟顾台北，南北两处皆有备敌之对付，声势大壮，先声夺人，日本岂无闻风而生畏乎？弟意已决，兄毋多疑为是。"两人不欢而散。

军权被架空

刘永福心灰意冷地转回台南，他弄不懂为什么唐景崧如此目光短浅。按照朝廷的安排，唐景崧是督办，他是帮办，军事上的大事还是唐景崧说了算，他作为帮办，在重大军事决策时提出自己的一些意见建议供唐景崧决策参考，并没有越权的表现，为什么全台湾的抗日，他这个帮办就不能来台北指挥作战，而一定要固守在台南？

回到台南不久，唐景崧又下达命令，要刘永福往台南管辖的恒春县扎守。当时刘永福的驻防地只有不足百里，兵员只有六营3000人。

刘永福的帮办职能事实上已经被唐景崧剥夺，把他排斥在整个全台抗日之外。这为台湾抗日失败埋下了祸根。

但刘永福什么也没有说，一心赴恒春驻防。

到达恒春，才知道恒春是个不毛之地，漫山遍野土地坚硬而瘠薄，种什么都不生，当地的居民用石头围起围墙，高达四尺，才能种些小菜，一棵小葱也要卖十几文钱。

刘永福谁也不惊动，自己带着几个亲兵在恒春察看了七天，正思考如何布防，突然接唐景崧来电："某日已与日本在三雕岭开仗，我军大获全胜，请公速回。"

次日又接到唐景崧的电报："台南镇总兵文国本辞职，已照准，其台南镇篆务着刘永福兼署。"

虎将
刘永福
HU JIANG
LIU YONG FU

这个电报的发来，不知内情的人以为唐景崧要倚重刘永福保台抗日，而事实是，由于唐景崧在军事上排挤刘永福，已经使一些有识之士看不下了，这些人中，就有张之洞。

张之洞行文唐景崧，转弯抹角地提醒他要善待刘永福，要从台湾安危大局出发，包容刘永福的个性，发挥他的特长，张之洞谆谆告诫说："其人（刘永福）虽有偏处、短处、究系曾经百战之将，较之寻常提镇之未见战阵，习气太深者，胜之远矣；且素有虚声，借以定民心、壮士气。且此时事机紧急，切望略其所短，曲意联络，优加鼓舞，当能为公效臂指之力。"[1] 除了提醒唐景崧，张之洞又给刘永福来信，多方鼓励与打气。

唐景崧看见他和刘永福的矛盾已经被高层知晓，为了堵住众人的悠悠之口，这才借文国本辞职的机会，来电命令刘永福兼署台南总兵。

刘永福读完电报，想到大敌当前，个人恩怨比起国家大事就不算事，对唐景崧最大的意见，也只好服从战事需要。考虑到台南的防敌千头万绪，他在接到命令后回电报："承委兼署台南镇印务，只可担任权理数日，实缘军队事繁，万不能兼顾此缺，希望委员到接镇篆，切盼。"

也不知唐景崧是否收到电报，一直不见回音。

澎湖失守

1895年3月23日，日本挟着攻破旅顺之威，分出一路兵马5000人，在澎湖集结，攻打澎湖之势路人皆知。

唐景崧此时还执着于和刘永福的个人恩怨，把刘永福调至恒春、凤山驻守，刘永福发电报又不回复。

（1）廖宗麟《民族英雄刘永福》339页。

当时驻守在澎湖的清兵共5000人，由总兵周振帮统领，清兵根本没有组织有效的抵抗，周振帮在日军发动进攻时已经坐渔船逃跑，只有候补知府朱上泮率兵勇顽抗抵抗，身负重伤被亲兵抬下战场。

清兵看到主将逃跑的逃跑，负伤的负伤，已经如一盘散沙，这仗根本没法打，各人自寻活路，纷纷跑路走人。

3月26日，澎湖岛被日军占领。

澎湖实为台湾咽喉，扼住了澎湖即达到进可以攻，退可以守的效果。

消息传回国内，举国轰动，民众纷纷上书要求誓死抗日，而清政府却派出李鸿章和日本议和，4月17日由李鸿章与日本总理大臣伊藤博文签订《马关条约》割让台湾、澎湖诸岛给日本。

割让台澎，举国同愤。在北京会试的举人康有为和梁启超集十八省举人千余人"公车上书"，痛陈"割地之事小，亡国之事大"，反对割地求和，主张变法图强。

割台凶耗传回台湾，从台湾头到台湾尾全是哭声，连走在路上的狗也伤心地哭泣，祖国不要自己了，一夜之间台湾沦为孤儿，大家纷纷摆市、摆课。义愤填膺民众堵在巡抚房前，声声哭诉："死不属倭，饷银不准运出，军械局不准停工，全部厘金充战倭之用。"

第九章　力挽狂澜

在群龙无首之时，士绅丘逢甲等以血书奏陈清廷，"割地议和，全台震骇！……臣等桑梓之地，义与存亡；愿与抚臣誓死守御。设战而不胜，请俟臣等死后，再言割地。"

5月20日清政府勒令台湾巡抚及大小官员内渡大陆，决意放弃台湾。

5月25日丘逢甲等地方绅民出面创议成立"台湾民主国"，以之抗击日冠侵占台湾。丘逢甲等举唐景崧为"台湾民主国总统"，当大家提议让刘永福当"台湾民主国大将军"时，唐景崧又从中制肘，认为如果让刘永福当大将军，刘永福会狮子开大口要钱要械要人，决意不让刘永福染指台湾民主国。在整个台湾民主国领导人员中居然没有刘永福的一个位置。

唐景崧处于两难中，一边是台湾民主国的总统大印，一边是朝廷命令放弃台湾内渡。

说来，唐景崧也是热血一腔，经过痛苦思考，最后自己出100两银子铸造大总统印，赶制黄旗两支，旗上刻有"民主国"，再也不打龙旗。

由于日本人已经开始全面进攻台湾，朝廷任命的台湾文武百官早已经仓皇内渡，唐景崧征询刘永福何去何从，刘永福义无反顾地回答：以台共存亡。

唐景崧此时可能对刘永福有些负疚之意，急忙忙铸造了大将军铁印一枚，发函告诉刘永福："景崧被百姓强立为民主国大总统，已送印民国旗等件，崧为万民付托，迫得权理。现送大将军印与公，希收启用。公即为台湾国大将军，统辖水陆诸军务。至大总统一职，崧暂时权篆，事平当让公。"

发出信函后，还专门请区鸿基送到台南给刘永福，区鸿基走到半路，听说台北已经被日军占领，想到家中妻儿，那里还有心思送什么印？他急急转回了台北。

刘永福得知唐景崧自封为总统，心里想：唐景崧想独立为王早就有了前科，当年在越南战场，就怂恿自己取代越王，现在国家危难之时，台湾生灵涂炭，什么大将军，都是闲事，当务之急，就是组织起抗日联军。

于是，既没有回信，也没有传话给唐景崧，就当此事没有发生过。

制定保台战略

由于唐景崧缺乏真正与"台湾共存亡"的决心，当日本大举进攻台湾的第七天，也就是6月4日这天，唐景崧携子躲进英船，逃回大陆，随着唐景崧的逃走，"民主国"不久即告解体。日军占领了基隆。

在这危难时刻，刘永福接待了一位国内来台南的客人，这人名叫易顺鼎，是钦差大臣刘坤一的幕僚，他奉了刘坤一之命来见刘永福。

易顺鼎在台南期间，亲身见证了刘永福在台南民众中的威望，为了更有效地团结一切抗日的力量，易顺鼎对刘永福说："朝廷现在已经和日本签了和约，又下旨命令所有文武官员都要内渡，现在台南民众抗日士气高涨，只要你振臂一呼，追随的人肯定蜂拥而来，你干脆自任总统，好振奋士气。"

刘永福回答说："我生为清朝人，死为清朝鬼，我是不忍台湾民

众被杀戮，才坚守台湾不内渡，总统的话，你就不要对我说了。"

易顺鼎说不动刘永福，只好悻悻离开。

易顺鼎离开后，刘永福在台南府召开了一次非常重要的会议，参会人员包括吴彭年、吴凤典、王德标、刘成良、姚师爷、康守备。

会议氛围肃穆，刘永福直奔主题："张之洞前几天来电，保证支持抗倭，只要政府暗中支持，我们调度恰当，战胜倭寇就有希望。倭寇占领台北后，很快就会南下进攻各路驻军，为了阻止倭寇南下，要做四件急事，第一件，尽快召开一次会议，联络各路驻军和义军首领，组成抗倭联盟，统一调配兵力；第二件，要以最快的速度抢修工事，形成层层阻击有效据点；第三件，要临时成立钱镖总局，筹集粮饷。第四件，尽快物色好接替已经内渡文武官员空缺出的人选，保证台湾的日常事务正常运转起来。如果黑旗军内没有不同意见，马上分头行动。"

吴彭年第一个站起来说："修筑工事的事我来负责。"

刘永福回答说："你有更重要的任务，修工事交给义军。"

刘成良说："我去联络各个首领，父亲开出名单，我保证把他们都请到台南府。"

姚师爷立马说："现在到处乱哄哄，日本间谍多人潜入台南，前次总兵差点就被毒死，总兵的人身安全比天大，你不能离开总兵半步。"

刘永福说："现在战争时期，每一个黑旗军都要用到最合适的位置，成良另有任用。"

刘成良既是刘永福的养子，又是亲兵管带，多年来一直负责刘永福的安全工作。

大家想到刘永福连近身亲兵和儿子都另有任用，可想抗倭的艰险程度。知道反对也无效，便都沉默不语。

大家还讨论了要发行公债、邮票，进一步筹集粮饷军械，添置新式武器等事项。

刘永福最后说:"这次抗倭,比我们抗法的任何一次战斗都残酷,在此国难当头,黑旗军要主动承担起抗倭重任,我决定派成良率领200名亲兵队驻守高雄,扼险迎敌,增强抗倭军民信心。同时组建黑旗军机动队,由彭年具体指挥,机动队的任务,就是那里战事危急,就赶到那里增援,鼓舞士气。姚师爷和康守备及时拟出替代空缺文武官员的名单,召开联盟会议时提交大家讨论。吴凤典、王德标陪我到台中各处巡察,进一步确定防守规划。"

这次会议后,刘成良即率200黑旗军赴高雄驻防。吴彭年到正在操练的黑旗军挑选机动队员。

6月29日,刘永福请来署理台南镇总兵杨泗洪、布政使顾兆熙、台中知府黎景崧,安平知县郑汉卿,还有各路防军首领,义军首有平镇胡嘉猷,新竹姜绍祖、徐骧,苗栗有吴汤兴等100多人,共商抗倭大计。

得知刘永福召开会议商议抗倭大事,台南各界人士纷纷集会,最后推出3000多士绅、农工学商代表涌到台南府,一致公推刘永福为抗日同盟盟主,杨泗洪为副盟主。刘永福与以会代表,台湾各界代表向天盟誓:不要钱,不要官,不要命,甘苦与共,戮力同心,共守危疆。

这次会议,刘永福吸收了李泗洪、徐骧的意见,决定把第一道防线放在新竹。

新竹地里位置复杂,山水纵横交错,这些都可以作为天然屏障抗倭。其它防线依次为大甲溪、八卦山、浊水溪、北港溪、曾文溪、安平炮台、打狗港。

根据会议决定,各个防线由杨泗洪和义军分别修筑工事和驻守,黑旗军除了机动队员,其他分到各个防线曾强驻守力量。

抗日联盟的成立,极大地提振了抗倭的士气,有效地凝聚了人心,使惶惶不安的全台军民有了主心骨。

在刘永福的统一指挥下，黑旗军和驻军、义军联合作战，有效地阻截了倭寇以最快的速度占领全台的企图。

安平炮台之战

日军在台北得手后，步步进逼，7月11日，日军派出29名日军押送粮食和军械往台南，支援企图从台南登陆的日军，徐骧侦查得到这一消息，在路上布下天罗地网，一举全歼29名日军，缴获了大量粮食和军械。

日军以百倍的疯狂反击，派出两艘军舰轰击台南安平炮台，在炮火的掩护下，登陆日军端着冲锋枪和刺刀向着安平炮台强攻。

亲临现场指挥的刘永福怒发冲冠，冲上炮台向日军军舰开炮，第一炮没有打中，日军气焰嚣张地叫嚣："唐景崧都跑了，黑旗军快快放下武器，保你们小命一条。"

刘永福此时瞄准其中一艘军舰的桅杆，沉着发炮，桅杆应声被打断，像个大鸟扑入了大海，十多个日军全部被炮弹震荡击落水，强攻的日军看到桅杆被打断，担心被黑旗军绝了后路，调转头拼命跑回军舰。这一炮，有力地打击了日军的嚣张气焰。

敌人第一次进攻台南被打退了，但刘永福十分清楚，日军的反攻很快就要到来，当务之急得设法筹钱。

在此之前，张之洞一直暗中支持刘永福抗击日军，发函请他无论如何坚持下去，等待转机，张之洞奔走呼号，好不容易筹到十万两银票，谁知在上海转汇时，被李鸿彰查扣，黑旗军孤军奋战，没钱没粮，各路义军也要解决粮饷问题，刘永福当上盟主，首先考虑的是要尽快筹款，兵马未行，粮草先动，六月间，他在台南各海关设卡收税，收得五万两银，分发到各处兵营，到了七月，由于商人大都逃走，无银可收，派回广

虎将
刘永福
HU JIANG
LIU YONG
FU

东筹饷的人又音信全无，一时间，抗日义军和兵士连饭都没得吃了，尽管这样，兵士们决不撤退。

新竹之战

日军在得到岛内汉奸卖国贼的支持下，兵强马壮，不断增加兵力，转向攻击台中的彰化县，刘永福命都司吴凤典率黑旗军会同徐骧部联合作战，7月，徐骧与台湾诸义军统领商议共同恢复新竹城。7月11日这天，诸义军集中在新竹城周围，徐骧亲率精锐由北路进攻，袭击敌军侧翼，不幸这次军事行动因汉奸告密而失败。徐骧随机应变，避开敌人的重兵追击，隐蔽到茂密竹林里，敌人不谙地形，不敢贸然闯进竹林，只在外面乱闯，坚持到傍晚时分，敌人疲惫不堪，徐骧乘机出击，首尾夹攻敌人，使敌军措手不及，敌人慌乱中，知道徐骧义军在新竹激战，刘永福抽调黑旗军副将杨紫云率新楚国增援，接应义军，黑旗军的及时增援，使义军争取到突围的最佳时间，义军从容突出重围。新竹被占领。为了扰乱日军，黑旗军和徐骧义军在新竹周围不断袭击入侵日军，使敌人胆战心惊，日人所著《台湾统治志》曾不得不承认我国抗日军民的"顽强"和"勇猛"。

8月7日，黑旗军联合徐骧、吴汤兴义军决定收复新竹，发起会攻，捷报频传。这下激怒了日军，日军发起了疯狂的攻击，吴彭年率黑旗军机动队增援，多次击溃日军进攻，吴彭年乘势穷追猛打。靠前指挥的刘永福担心日军改攻大甲溪，连忙传令："胜不可恃，防倭人由僻渡大甲溪。"

为了防止日军偷袭大甲溪，刘永福命令忠满率黑旗军增援大甲溪。忠满率黑旗军增援大甲溪后，日军对新竹发起了更猛烈的攻击，为了夺取新竹最高峰尖笔峰，日军集结了两个加强联队，分两路向台湾义

虎将
刘永福
HU JIANG
LIU YONG
FU

军进攻。徐骧、吴汤兴义军只有500多人，坚守尖笔锋，多次打退日军进攻。8月9日，日军再出动三个联队，加上战舰三艘，水陆两路向尖笔峰攻击，徐骧、吴汤兴率领义军进行了艰苦的搏斗。他们利用熟悉的地理形势，抄袭敌人后方，大量消灭日军有生力量，俘虏敌官兵多人。激战两昼夜，终因敌众我寡，未能取得全胜，最后不得不转移阵地，尖笔峰终于落入敌手。新竹之战来回拉锯一个多月，大小战事20多许。有力地阻止了日军南下的推进。

大甲溪失守

8月底，敌军继续南下进攻大甲溪。

大甲溪是台中地区门户，据有天险，敌人若不得大甲溪，就不能进犯台中，而台中又背山而海，居中驭外，可以控制全台。因此大甲溪的得失，在战略上具有重要意义。正是因为大甲溪战略位置十分重要，在新竹激战之时，刘永福果断地调忠满增援大甲溪。

为阻止日军占领大甲溪，从新竹撤离回大甲溪的徐骧在战前向义军诸统帅献计："我军抛弱，又无大炮，不利正面交锋，只能利用大甲溪支流纵横有利形势，广设伏兵，诱敌深入后突然伏击，必能制胜。"

这意见得到了大家的赞同。8月21日，当日军渡过大甲溪一半时，徐骧率领义军从隐蔽处齐声呐喊，把敌军横截两段，然后义士们勇猛冲杀，使日军一时大乱，纷纷落水，尸体重叠，以致溪水不流。大甲溪一役使敌军伤亡惨重。8月22日，日军另一支部队在大甲溪附近，又一次遭到徐骧义军同样的伏击，日军且战且退，死伤殆尽。徐骧义军与日军在大甲溪一带相持近一月，最后因汉奸土匪等民族败类的内应，才沦于敌人手中。

八卦山会战

新竹失守、大甲溪易迹，形势危急，为了有效抵抗日军，刘永福将兵力进行了重新部署，任命吴彭年为前敌总指挥。

吴彭年，浙江余姚人，18岁中秀才，候补知县。日军侵台后，他从顺德投奔刘永福，充分发挥其笔杆子特长，刘永福的很多向朝廷汇报材料及对日宣战书，大都出于他的手。7月初，他按照刘永福的部署，率领黑旗军七星队700人驻防彰化八卦山炮台，阻击日军南犯。8月24日，日军鲛岛少将，山根支队长偷偷摸摸接近八卦山进行侦察，被吴彭年黑旗军发现，即刻开炮轰击，当即炸死日军多人，山根也被击毙。

日军恼羞成怒，北白川能久亲王亲自指挥的日军近卫师团从后山偷袭吴彭年部黑旗军，双方展开了激烈的阵地战，徐骧，吴汤兴、姜兴祖等义军领袖赶来增援，联合阻击日军，阵地三易其主，打得异常惨烈，8月28日天刚放亮，敌人分两路进攻八卦山，东路之敌在汉奸的带领下，通过山间小路偷偷摸到守军阵地背后，突然向义军发起冲锋，义军临危不惧，纷纷跃出掩体，与敌人近身肉搏，经过殊死拼斗，守军全部战死，日军攻占了阵地。义军吴汤兴等大批台湾爱国将士壮烈殉国。另一路从西路强攻大肚溪南的菜光寮时，总指挥吴彭年沉着指挥，打退了日军的多次进攻。八卦山失守消息传来，他立即组织300黑旗军七星亲兵队急速援救，冲在最前面的第一梯队由林鸿贵率领，七星队员是刘永福手中的王牌军，不到万分危急，不会动用七星敢死队。当时敌人居高临下，武器精良，弹药充足，但林鸿贵的黑旗军小分队毫无畏惧，拼命冲锋，最后全部战死。吴彭年看到第一梯队黑旗军全部战死，率余部猛力强攻，经过十次上上下下，终于抢回了阵地。

日军此时调集大批军力增援，团团围住八卦山顶上的黑旗军七星

队员，不停地炮轰，机枪扫射，七星队员沉着应战，在杀死杀伤1000多日军后。全部壮烈殉国，吴彭年身上10处被子弹击伤，最后关头，仍率四名亲兵冲向敌人，与敌人同归于阵。

噩耗传回，大家都以为刘永福会昏过去，刘永福没有倒下，而是命人煮了一煲饭，端出门外，对着八卦山的方向高高举起，大声说："你们的血不会白流，你们未竟的心愿，永福来完成。"

曾文溪阻击战

10月底，日军向台南地区进攻。徐骧和刘永福黑旗军坚守嘉义西南的曾文溪。

曾文溪距台南府城仅二十里，是保卫台南的最后一道防线。10月13日，中日双方在这里展开了决战。徐骧率义军和高山族人民共约700余人，加上刘永福的黑旗军，兵力为3000人，装备精良的日军集结了28000人，马、步、炮各兵种俱全，扼守曾文溪的徐骧、王德标部黑旗军，没有炮队、马队，只有以步战肉搏取胜。战斗打响后，徐骧率领的义军和王德标率领的黑旗军寸土必争，拼死抵抗，先战溪北，后战溪南，攻守相搏，利用熟识地形优势与敌人拼杀，曾文溪两岸，日军尸横遍野，血流成河。

由于义军和黑旗军粮饷早绝，个个都是饥饿状态参战，经过一天一夜的鏖战，这支饥肠辘辘的军队仍士气昂扬，人自为战，在血泊中猛烈砍杀敌人，黑旗军首率吴凤典再现抗法雄风，拼死杀敌，血染战衣。刘成良率队赶来增援，但终因力量悬殊，义军和黑旗军伤亡重大，徐骧在战斗中为炮火所伤，壮烈殉国。临死前，他大声呼喊："中华、中华，我所至爱。大丈夫为国捐躯，死而无憾！"充分表现了这位台湾抗日英雄的伟大气节。

打狗港之战

10月9日，日军攻陷嘉义，黑旗军和义军大都战死。10月11日，日军从海上登陆，分兵进逼台南，15日，日军进攻台南东南的打狗港。从高雄撤回台南的刘成良被刘永福命令带领剩下的亲兵20多人增援打狗港。

临出发前，刘永福拿出几个米团，交到刘成良手上说："这是台湾百姓刚刚送来给我的，你和兄弟们分吃了，有力气打倭寇。"

准备出发的黑旗军都哭了，他们入台以来，一直在半饥半饱中与日军激战，这半个月来，粮草早已经断绝，台湾百姓想方设法支援，但杯水车薪，很多兵弁与日军作战时，由于肚子空空，与日军博斗根本不是日军的对手。这次出征，大家都知道凶多吉少，但没有一个人退缩。

刘成良看到大家流泪,高声说："大丈夫死当为国,大家吃了这饭团,痛杀倭寇报仇。"

黑旗军齐声高喊："就是死也要多杀几个倭寇。"

黑旗军就要出发了，刘成良突然转回身，抱着刘永福说："父亲，下世希望继续做你儿子。"

刘永福推开他，沉声说："我等着你和弟兄们回来，继续和你做父子。"

刘成良所率亲兵分队，赶到打狗港时，守卫在那里的兵弁大部分都已经战死，刘成良怀着满胸的愤怒，20多人分成四组，包抄了正在庆祝胜利的日军，亲兵队武器精良，使用的是当时最先进的德国造机枪，将阵地上的日军歼灭了大半，增援日军赶来后，日军利用人多优势，分梯队进攻刘成良的亲兵队，最后大都战死，只有刘成良逃了回来。

虎将
刘永福
HU JIANG
LIU YONG FU

曾文溪失陷后，打狗港之战已经是强弩之末，在内无粮饷，外无援兵战无可战的情况下，这场轰轰烈烈的抗日保台运动宣告失败。

历近半年的血战，刘永福和他的黑旗军与台湾军民用鲜血和生命谱写了一部悲壮的爱国主义史诗。轰轰烈烈的武装反割台斗争虽然失败了，但它却给侵略者以沉重的打击。据日本官方公布的数字，在台湾被击毙和病死的日本官兵，包括北白川能久亲王和山根少将在内，共4800余人，重伤者500余人，另有21000余人回国治病，5200余人留台治疗，总计损失32000余人，占侵台总人数的一半以上。

"人生在世，如遇极不难之事，何妨以难视之；即遇极难之事，当以不难视之。汝曹宜谨记勿忘。"

劉永福《誡子書》

刘永福《诫子书》

第十章 逃脱虎口

曾文溪失守后,台南府已经成为日军囊中之物,刘永福的儿子也是贴身亲兵刘成良劝刘永福说:"父亲,现粮尽弹绝,人也死的死,散的散,这仗没法打了,加上日军到处张贴布告要买你的人头,趁着现在还有机会,我们回国吧。"

这个道理,刘永福自然明白,他沉思片刻,对刘成良说:"虽然粮食没了,但如果我回国,我自己是安全了,但台湾的百姓呢,怎么办?"

领事斡旋

刘永福的担心很快传到英国、美国商人耳里。

日军和刘永福打仗,兵荒马乱,生意不好做,英国、美国商人损失很大,国际纷争是当政者的事,商人在商言商,都盼望早日停战,让他们做生意赚钱。

英国一名姓胡的领事官受英国商人之托,经过四处打探,在台南附城找到刘永福,这个领事常听台湾民众传言,刘永福如何三头六臂,如何力大无穷,这次做说客,终于见到真人。

第一眼看到刘永福,他有些失望,心里想:什么三头六臂,还不

149

是普通人一个，这个刘永福身长不过六尺，两眉高耸，鼻梁挺直，鼻孔宽大，脸如刀削，类如猿猴。

当刘永福的目光和他相遇，胡领事居然不寒而栗，心里打了个寒噤。及至刘永福开口问翻译："请问老番有何事找我？"

那个胡领事哗啦啦说着刘永福根本听不懂的话，他的翻译官姓萧，翻译说："这仗已经打了五个多月，台湾百姓和所有商人都是受害者，打下去会死更多的人，不如和好为上策。"

那个胡领事说一句，翻译官翻译一句。刘永福听明白了，反问一句："日寇杀我大清子民，侵略我大清国土，做坏事的是日寇，你们怎么不去劝日寇停战？"

胡领事吱吱唔唔，声音如蝇如蚊，早吓得双腿打抖。

刘永福看他这个样子，只好叫亲兵给胡领事搬了张凳子，让他坐下再说。

那胡领事一边抹着冷汗，一边偷窥刘永福，只想快些结束谈话。

刘永福看到他怕成这个样子，放缓口气说："如何和法？如果和了，百姓得安和亦好。但恐和后，我去了遭残百姓，我心何忍？"

胡领事看到刘永福口气友善，小心翼翼地说："和了，刘大人内渡后，台之百姓即日之百姓，焉有遭残者夫？"

刘永福回答说："日寇如善待百姓，亦未曾不可。"

胡领事听了刘永福的话，急于离开刘永福，于是说："俟我回去，与日本说，如何明日再来相商。"

第二天下午四点多，这胡领事再次来见刘永福，向刘永福报告了与日本人商议结果，胡领事告诉刘永福："日本全权官桦山说和解很好，但要刘大人亲自去见他，两人当面谈妥。"

刘永福听说要见日本官，心里有些忐忑，借故说："桦山乃我手下败将，两人要见面，也是他来见，没有我去见他的道理。"

胡领事低声下气劝说："为了台湾的百姓，你去见见他又何妨，我在中间担保，量日军也不敢乱来。"

刘永福听了，只好说："若我要去，除非麦家林与我同去。"

胡领事听了，很不高兴，不满地说："麦家林只是小国的领事，事不关他，何必要他去。"

胡领事那里知道其中的由头。

麦家林原是台湾的海关官员，能量大的很，各国列强都给他面子。刘永福驻扎台南后，有一次，海关被日军占领，麦家林及所有海关中人员全被日军绑了双手，驱赶着往海边走。

黑旗军及时赶到，在路上埋伏，突袭了日军，救回了海关人员，当时麦家林混在人群中，日寇也不管他是谁，差点遭殃，要不是刘永福的黑旗军及时赶到，可能早就葬身大海了。

后来，麦家林便到本国领事馆做了领事。

刘永福听了胡领事的话，毫不客气地说："麦家林不去，我也不去。"

胡领事只好告辞。

刘永福和近身亲兵都以为这事不了了之了。

谁知到了第二天，这胡领事又来了，而且开着一条小火船来，远远的就高喊："你上船，我搭你去麦家林家一起去见桦山。"

刘永福带着几名贴身的亲兵上了船，船在海上行驶，远处的海面上，到处都是日寇的火轮，不时从火轮上放下些小舢板，到处追赶打鱼的渔民。胡领事站在火轮前头，用手视意刘永福一行蹲在船舱下。

几个亲兵人人高度警惕，成半圆拱着掩护刘永福。

半个小时后，火轮靠岸，胡领事先上岸，接着是几个亲兵跳上岸，刘永福上得岸来，夹在亲兵中间快步向前走。

转过一排石竹，在一处幽静的院子里，一个五十多岁，红光满面的男子迎了上来，避过走在前头的胡领事，冲到刘永福面前，双手紧

紧地握着刘永福的手说："刘大人光临寒舍，荣幸之至。"

刘永福不客气地说："我现在到处被日寇追杀，连命都难保，你不用太客气，胡领事你对麦家林说清楚这件事的头尾。"

胡领事便将议和之事从头说起，最后说："刘大人请你和他一起去见桦山。"

麦家林激动地说："刘大人，就是你不来，我也想去见你，我欠你一条命，我一定陪你去见桦山，促成议和之事。"

接着问："你们开船来的？"

他这一问，大家才记起那个小火轮，有个亲兵跑到岸边张望，火轮已经没了踪影。

亲兵们突然都紧张起来，胡领事却镇静地说："这里是外国侨民居住地，日本人平时不会到这里，萧，你在此等我，我搭舢板过去找到船就过来。"

胡领事说完，走到岸边，摇手招来一只小舢板，往前一跳，已经到了舢板上，舢板很快就开走了。

胡领事刚走，博白武进士刘斯荣和上思武进士刘崇义由附城开着舢板追赶20多里赶来，一见刘永福，就大声说："万万去不得，去不得。"

翻译一看这两个武夫要坏了他家大人的事，非常生气，对着两人咆哮说："你们两个武夫，懂什么，我家大人已经和日本人讲好，只要到船上见了桦山，签个字，马上就和平了，你们不要乱插手这事。"

刘斯荣听了，跳起来骂道："你是何方大神，胆敢唆使我家大人去送死，日寇猪狗不如，不讲信义，要是到了船上，我家大人被扣，谁来负责。"

为去与不去，双方吵了起来，甚至动了拳脚。正在僵持不下，正好当时英国的厘士大商轮停靠在码头，看到这边吵起来，有个名叫胡仰山的买办走上岸。

这胡仰山是中国人，一直敬仰刘永福的为人。他了解争吵原因后，知道刘永福准备到日本船上谈判，严肃地对刘永福说："日本鬼心毒如蛇蝎，口中说着蜜，腹中藏着剑，千万不要轻信。胡领事是个番鬼佬，番鬼佬是最不讲诚信的，我帮番鬼佬打工几十年，样样清楚。"

翻译官气死了，跺着脚说："我跟胡领事十多年，他为人最讲诚信，你这样糟蹋他，是何居心？"

胡仰山听了，回嘴说："就算你家大人心最好，刘大人也不能上船，现在台南军民都在看着刘大人，万一刘大人上了船，就算日本人不杀他，但把他捉到日本，就麻烦了。"

翻译还想解释，刘永福开口说："谢谢几位，你们都是为我好，就不要争了，和日本人见面之事，我们往后再说，我们先回附城。"

临离开时，胡仰山拉着刘永福的手说："你打日寇的威名惊动天下，中国人都佩服你。我们这船可以装下1200人，如你有需要，随时找我。"

麦家林握着刘永福的手说："日本人再猖獗，也不敢查我这里，如果在附城待不下，你可以来我这里，我家的大门永远为你开着。"

刘永福谢过胡仰山、麦家林，带着亲兵上了两位武进士开来的小船，回了附城。见桦山的事便不了了之。

日本人和谈不成，更疯狂地进攻，一批批的水兵登陆，四处驻扎，步步为营地包围附城。各个码头三步一岗四步一哨，每个码头配备有大火船一艘，外加两艘普通火轮，不停地在海面上巡逻。就算插上羽翼，也难飞。

刘永福回到附城，左思右想，一时理不清头路，天黑后，带着两名亲兵，悄悄登上了白莲庵。

白莲庵位于附城不远处，当地人传说白莲庵极灵。

进入白莲庵大门，刘永福虔诚地跪在香案前，摇签寻求帮助。

刘永福摇呵摇，整整两个钟头，筒里的签没有一支掉到地上，刘

虎将
刘永福
HU JIANG
LIU YONG FU

永福无计可施，只好再次烧了三炷香，并说："我刘某为国为民，今日受困已达极点，如有何项生路，望神指示，或去，或匿台湾。"

无论刘永福说什么，这签就是没掉下来。刘永福流着眼泪说："难道我就这样完了，日寇一日不灭，我就不能死，我要杀尽日寇。"

他话音刚落，突然掉下一签，刘永福连忙捧起签，一看签上大意：今日之事，就算神仙也帮不了。

刘永福不服气，又求多一签，一看是下下签，签解为："求财不得、求病必死、求子生女，失物无得，出行多阻。"

刘永福下山，想到凶多吉少，决定死也要回到国内。

正在这时，有亲兵来报告："福建将军解到白银8000两，粤督谭钟麟解到公款银10000两。"

谭钟麟附信一封："我怕你不得银散放，不得走。"

有了这批银两，刘永福将大部分散给了没战死的黑旗军和义军。只留下几百两在身边应急。

最后一战

曾文溪陷落后不久，日军集中兵力围攻附城，10月17日早上，天刚蒙蒙亮，日军就开始攻击台南府最后一道屏障——安平炮台，守卫炮台的黑旗军战前宣誓："人在阵地在。"

刘永福在姚师爷、康守备等亲兵陪同下，坚守在安平炮台上督战，战到最后，在日军强大火力的强攻下，安平炮台上的黑旗军全部战死，看着自己的部下一个个倒在血泊中，刘永福满腔悲愤，突然跃出亲兵防线，像个猛虎一样扑向炮台，他大声吼道："我刘义今日要与倭寇拼了。"

已经58岁的刘永福，步子是这样骄健，他冲上炮台，把战死扑在大炮上的战友搬开，亲自操起炮弹向敌人开炮。随着轰轰两声巨向，冲在前面的日寇被打得血肉横飞，一片片倒下，命大死不了的，纷纷向后溃退。

刘永福借着这个难得的机会，安全向后撤退，但敌人的炮弹好像长了眼睛，刘永福向东跑，敌人的炮弹就向东打，炮弹一直追着轰鸣。跑着跑着，终于甩开了日冠的炮弹。

10月18日，由于弹尽粮绝，战已经没法战，现在唯一的生路，只能回国，但要回国，谈何容易。

挥泪别台

10月18日，由于弹尽粮绝，战已经没法战，现在唯一的生路，只有回国一途。但想安全回国，又谈何容易？

刘成良侨装打扮，到码头上侦察动静，看到海面上，有一艘云澳大木船在离附城二三里的海面上抛锚，云澳离刘永福任总兵的南澳只有数十海里，如果能搭上这条船，就有希望逃出日寇的魔爪。在离云澳大木船二海里的地方，停的刚好是胡迎山工作的那艘的厘士船。

刘成良把侦察到的情况向刘永福一说，刘永福立即高兴起来，吩咐亲兵做好登船准备。

亲兵们于是开始收拾随身几件衣服，把几百两银子分藏在三个包袱中，姚师爷带一个，刘成良带一个，康守备带一个。

刘永福考虑到若要保险，必须分两路走，因此决定除了亲兵，凡是跟着回国的都搭的厘士，刘永福和亲兵、姚师爷、康守备搭木船。

安排妥当后，其他人便分头行动，顺利上了的厘士。

晚上九点，刘永福还是不放心，先派一个名叫亚鹤的跟班上木船打探，刘永福对亚鹤说："你上船对伙计说，有十多个人想搭船，如

果船主答应，你就回来，如果他们打听是何人何姓，你就告诉他们，此人系到台湾做生意的，赚了点钱，刘永福帮办想从他身上抽2000两买粮，他想甩脱刘帮办，如果你让他搭船，愿意出双倍船钱并送你400文。"

亚鹤听了吩咐，趁着黑幕，摸上了那只木船，按刘永福交待的说了，船主也不问是何人，只说："我船尾还有一个船舱，够你们十几个人坐，你叫他们来便是。"

亚鹤转回来，将交办之事报告刘永福。刘永福心定了下来，对亚鹤说："你明天一早就先到船上做好接应，我们迟点驶舢板过去，你注意动静，我们到了就学三声猫叫。"

亚鹤答应，想着明天就可以回家，一晚睡不好，第二天早上五点，就出发了。

10月19日凌晨，刘永福与刘成良、康守备、姚师爷、吴凤典、陈湘泉等亲兵悄悄搭上台湾渔民的舢板，趁着黑夜，借着天上的星光，向着大木船驶去。

将要靠近大木船时，陈湘泉学猫叫了三声，亚鹤没有回应，大家只好轻声叫喊："亚鹤，亚鹤！"

谁知这一喊，坏了大事，大木船上巡逻的水手听到叫声，看到有个舢板不停地向大木船靠近，以为是海盗要上船作案，大喊一声："有贼人。"

一时间，船上所有水手都起来了，走动声，喊打喊杀声震天。

大家一时进退两难，惊慌失措。

刘永福不知大木船上出了什么事，但断定大木船是不能上了，心里想，拉弓没有回头箭，既然到了海上，绝没有再回附城的道理，明知山有虎，偏向虎山行，生死交由老天安排了。

想过后，他说："我们转去的厘士船吧，船上有胡迎山，他应该肯接收我们。"

大家一听，帮助渔民拼了命将舢板向的厘士摇去。

的厘士预定当天早上九点起程，他们的舢板摇到的厘士跟前时，东方已经发亮

陈湘泉随即登上了的厘士船，到处找胡迎山，知情人告诉他，胡迎山因有事要处理，没有上船。

陈湘泉心情里大叫一声：今天诸多不利，刘大人看来麻烦了。

想过后，到处乱撞，终于找到了先上船的几个黑旗军，他对那几个黑旗军说："这事得先让船上的司事知道，我们先找他们商量。"

大家在船头找到司事梁兆祥、吴玉泉。

陈湘泉对两人说："我家大人现在在舢板上，马上要上船，请你们帮帮忙。"

梁兆祥、吴玉泉都是中国人，曾多次偷运枪枝弹药支持黑旗军，听说刘永福要搭这艘船，又高兴又紧张，大家商量了许久，最后梁兆祥说："船上有日本兵查房，不安全，但现在事急马行田，先让刘大人上船，再见机行事了。"

当时上船有番鬼佬守着船梯，一个个查看，傍边站着一个日本兵，一个个辨认登船的客人。

陈湘泉眼看开船时间越来越近，刘永福还在舢板上，只好铤而走险，他拉着梁兆祥说："你陪我去找船主，我得对他说明情况，以防万一。"

两人找到船主，梁兆祥用英语对船主说："刘大人刘帮办今天要搭您这船回南澳，请你帮帮忙，将日本人引开，您的大恩，刘大人一定报答。"

那船主听了，愣了一下，对梁兆祥说："刘大人大大的英雄，你告诉他们，这个忙我们帮。"

虎将
刘永福
HU JIANG
LIU YONG FU

157

船主于是走到船梯傍，拉着日本兵的手回到船舱，拿出好酒好菜将他灌醉，刚好查船的番鬼佬到了吃早餐的时间，再没有番鬼佬查船。刘永福一行得以顺利登船。

刘永福此时却是心情沉重，回望台湾，已经是烟雨朦胧，想着沦丧的国土，想着灾难深重的台湾人民，这个很少舞文弄墨的武将，突然有一种对天怒吼的欲望，站在甲板上，衣袂飘飘，吟出至今留存在世的《离台诗》：

> 流落天涯四月天，尊前相对泪涓涓。
>
> 师亡黄海中原乱，约到马关故土捐。
>
> 四百万人供仆妾，六千里地属腥膻。
>
> 今朝绝域环同苦，共吊沉沦甲午年。

这首离台诗，饱含了刘永福对祖国大好河山沦陷的悲愤心情，更对于朝廷签订卖国条约的极大愤怒，正可谓愤怒出诗人。

坚决辞职

刘永福九死一生逃回广东，对于清政府的腐败无能一直耿耿于怀，他不能原谅清廷丧权辱国的丑行，产生了解甲归田的想法，但又不想因为此事引起广东当局的误会，因此，他决定用最消极的办法，以病请假回家治疗之名作为理由离开官场。

10月28日一早，他回到广州后首次拜访谭钟麟，在寒暄过后，刘永福即把台南镇印，五六品功牌数百张，缴还给了谭钟麟，对谭钟麟说："在台南这段时间，整天操劳过度，身体已经支持不住，请求开缺回家治疗。"

谭钟麟听了，以为刘永福为台南战败之事担心朝廷追究责任，安慰他说："胜败乃兵家常事，何足芥蒂？况老兄在此，扼守台南孤岛，并非战败，一则朝廷将此地割与洋人，二则无粮应付。古云：'未动兵先动粮'，兵若一日无粮，必然哗溃，尚言战乎，既无战，又焉败耶？"

刘永福坚持说："战胜战败之事自有公论，这不是我关心的事，我真的是身体吃不消，万望批准。"

"你是朝廷命官，开缺回家的事，我怎么能决定？你刚刚回来，各方大臣还没见面，这事不要提了。"

刘永福一而再，再而三要请求，最后一次，动情地说："职镇离家多年，先人坟墓，久未经省，胞叔骸骨，寄在山岗，并未安葬，于心实有不安，况且在台南孤守多月，传闻很多，家里妻儿担心受怕，无论如何，我都要回家。"

谭钟麟看见他态度坚决，只好采取折中办法，对他说："我批假一个月，你回家省亲，其他，待消假后再说。"

得到批准后，刘永福即于十一月初从西河返钦。痛失台湾，是他一生中最大的痛，他对清朝政府已经失望透顶，决心再也不过问政事，把精力花在教育儿孙后代。

刘永福故居前广场雕像

第十一章　风雨燕塘

刘永福这次回来，在家住了前后两年，谭钟麟多次来电来函催促回广州，他找了种种借口搪塞，坚决拒绝再回官场。

"巨野教案"始末

这个时期，腐败的清政府又发生了一件震惊国人的大事，这就是"巨野教案"。巨野教案的背后是德国对我国胶州湾早已垂涎三尺多年的大爆发。

胶州湾即现时的青岛，古称少海，又称幼海，后称胶澳，形成于11000年前，但直到1891年，这片海湾的战略意义和海防价值才得到重视。

时任直隶总督并负责督办北洋海防的李鸿章于当年6月份，在这块陌生的大清国土上考察了一番后，奏请朝廷将登州镇总兵衙门移置胶澳，这也成为青岛建置之始。

远在数万公里之外的日耳曼之鹰，早已对胶州湾觊觎良久。至少从1869年开始，德国人就有计划地对胶州湾进行调查研究，当年3月，德国著名的地理地质学家李希霍芬在齐鲁大地上穿梭1165公里，并于

1877年向德国政府提交了一篇名为《山东地理环境和矿产资源》的报告，强调了胶州湾的优越地理位置，建议在此建筑港口。这份报告当时受到了实施稳健"大陆政策"的铁血宰相俾斯麦的冷落，但1890年俾斯麦下台后，威廉二世开启了德国"世界政策"的新进程，胶州湾成为德国在东亚攫取势力的重要候选地之一。

1897年11月1日，机会来了，在距胶州湾500公里外的山东巨野，两个德国传教士被杀，酿成了轰动中外的"巨野教案"。在当时情况下，如果没有这个巨野教案，也会发生其他什么事件。

巨野教案为德国提供了一个期待已久的侵略借口。据此，当年11月6日，威廉二世谕德国外交部：如果中国政府不对巨野教案以巨额赔款，并立即追缉严办凶手，舰队必须占领胶州湾并采取严重报复行动。德皇在信中说：中国人终于把我们渴望已久的理由和"意外事件"提供给我们了。

由于德国以占领租借胶州湾为最终目的，尽管腐败的清政府答应最无耻的赔偿条款，但德国人在签订协议之前，在背后和日、俄达成秘密交易，在中国划分势力范围。最后反脸，自悔谈妥的条约，用武力逼使清政府于1898年3月6日在《胶澳租界条约》签字，主要内容为：（一）中国政府将胶州湾包括南北两岸陆地租与德国。（二）租借期先以99年为限，如租期未满以前德国自愿归还中国，则德国在胶州湾所用费项由中国偿还，并将另一较比相宜之地让与德国。（三）自胶州湾水面潮平点起，周围100华里之陆地划为中立区，主权归中国，但德国军队有自由通过之权，中国政府如有"饬令设法等事"，以及派驻军队等，须事先得到德国允许。（四）中国允许德国在山东建造铁路两条：其一由胶州湾起，经潍县、博山、淄川、邹平等处至济南及山东边境；其二由胶州湾经莱芜等处至济南。在铁路两旁各30华里内，允许德国人开挖矿产。（五）以后山东省无论开办何项事务，或需外资，

或需外料，或聘外人，德国商人有尽先承办之权。

条约的签订，不仅使胶州湾成了德国的殖民地，而且把整个山东变成了德国的势力范围，同时引起了各国在中国"租借"港湾和划分势力范围的竞争。

德国占领青岛后，康有为又一次上书要求变法，终被清光绪皇帝采纳，于是引发了"戊戌变法"。光绪帝颁布了一系列改革措施，其中有一条起用："老于兵事，缓急可恃"的将军。

这些消息自然传到钦州。本来决定养老的刘永福听到消息，那颗报国之心又跃跃欲试。

刚好，谭钟麟于这年十月份来电报："家事周妥否？如妥，希即来相商。"

刘永福以为谭钟麟召唤自己是为了抵抗外国侵略，毫不犹豫，决定起程。

分散在各地的黑旗军以为又要打仗，主动来三宣堂报到，还有很多新人也来报名。因情况还没有明了，刘永福不敢带人前往，只吩咐大家在钦州等候消息。"乃有实的消息，然后告闻，去之，未迟。"

尽管一再劝说，最后成行时，还是有100多人跟着出发。

十一月到了省城，入见谭钟麟，闲叙间，并无组建军队之事，刘永福有些心恢意冷，想着既来之，一时又无法回去，只得到各处走动。

一日，走到宝均处。因当年宝均支持唐景崧赴越，在刘永福最困难的时候唐景崧帮助过自己，刘永福一直对宝均深怀敬意。

这宝均原是识才爱才之人，得知刘永福这次来广州，住的地方没有解决，便对刘永福说："你如此名气大之人，又带着100多人，得有一处宽大的地方，我看，你就暂时住到八旗会馆好了。"

刘永福想着带着100多人来，也要安置，便接受了他的好意，住进了八旗会馆。

光绪二十四年（1898年）过了年，谭钟麟派人请刘永福进督府，见面后谭钟麟说："现有一个职位，军械总局局座，每月有三百两银子，我计划派你去担任，你意见如何？"

刘永福一听，心都凉了，心想：我来报到，是为打仗，这些闲职，我坚决不干。想过后，不客气地说："管理军械是文官之事，对于职镇不合适。"

谭钟麟只好实话实说："给你安排这个职务，又不是叫你去具体管事，看见你在此借钱度日，只是挂个名好让你领俸。"

刘永福在广州的窘境被谭钟麟知道，很是尴尬，堵气说："我虽缺钱，又不向大帅讨银使用，暂时之需，自己能够解决，谢谢大帅好意。"

谭钟麟无法，只好于二月安排刘永福招募1000兵勇并进行训练。

刘永福又来见谭钟麟，提议说："职之旧部，现今散落在广西，大都散在各处务农，这些人大都能征会战，我想到南宁去把这批人招回。"

谭钟麟知道刘永福说的是实话，也体谅刘永福对黑旗军的感情，便答应了刘永福的请求。

刘永福走出大帅府，心情一下子好了起来，既然要招募兵员训练，看来又要打仗了，军人就应为国马革裹尸，死在沙场。

刘永福回到八旗会馆，即对大儿子刘成章吩咐："你明天先回钦州，把攀桂街、占鳌街居住、凡是能打仗的统统带到南宁，在南宁和我会合，招够1000人我们再回广州。"

刘成章接了任务，星夜赶路。

刘永福到了南宁，插旗招兵，广西左右两江，各府州县，凡是知道消息的，除了刘永福的旧部全部前来应募，那些年富力强的乡民，不论远近，纷纷前来应征。一下子报名的就超过10000人。

刘永福看到其中有很多能征善战之精锐，很兴奋。但由于只能招

虎将
刘永福
HU JIANG
LIU YONG FU

1000人，刘永福只好在强中选强，选满1000人，还依依不舍，又加招了500人，对于那些没有招募到的，刘永福都发了路费让他们回去。

刘永福兴冲冲带着这1500人奔向省城。

枕戈待旦

刘永福回到广州，即向谭钟麟报告这次招募过程，他兴奋地说："这次招收的兵员，素质非常高，经过一段时间训练，就可随时投入战斗。"

谭钟麟也高兴，他对刘永福说："那兄台就好好训练，训练出一支虎狼之师。现在国家多事之秋，正需要敢于打硬战的黑旗军。"

刘永福趁着谭钟麟高兴，笑眯眯地说："这次我多带了500人回来，我首先说明，如果谭大帅不拨饷，我愿从我的俸银中支付。"

谭钟麟一听刘永福额外多招人，有些不高兴了，但也没有表现在脸上，只说："既然人都带好回来了，就多加一个花炮营吧，你有多少俸银，胆敢车大炮。"

刘永福得到允许，心内高兴，笑着说："我知道大帅肯定同意的，这多出的500人，就算我为大帅专门训练的兵勇，有需要随时吩咐。"

刘永福回到兵营，实际点数，突然又多出足足500人。一了解，才知道多出的人实际是黑旗军旧部中的兄弟和相好，各自招呼来的。

这下问题来了，有人就得开饷，就得吃饭，突然多出这500人，让刘永福为难，又不想打击他们的热情，唯有一次次向谭钟麟扩编，谭钟麟被他游说得很烦，最终只好全部同意。

这样，黑旗军一下有了四营，称为福字军，其中他的长子花翎管带候补知县刘成章为前营管带，左营由蓝翎千总李德新任管带，右营花翎都司廖发秀任管带，花炮营由游击柯壬贵任管带，2000多人全部驻扎在小北门外的旧营盘。他最得力的旧部吴凤典此时已经到雷州任参将，没法招来。

刘永福看到旧营盘已经多处损坏，怕提出修葺惹谭钟麟不高兴，只好自己出钱修理，并在东西两头建了闸门，又加了一处炮房。

刘永福非常珍惜组建起来的2000黑旗军，这时的刘永福虽然已经61岁，但每天一早，他必披坚执锐，亲自操练黑旗军。

对黑旗军进行了魔鬼般的训练，从行军，枪支使用，大炮使用，攻击，占领到撤退，样样都亲自教授，并以在越南、台南的实例作为教案操练黑旗军。

他心中有梦，训练好黑旗军，当国家有需要时，可以随时上战场，并且战之能胜。

刘永福的理想很骨感，但现实却让人唏嘘。

当时的清朝，光绪变法宣告失败，连皇帝都被软禁，慈善太后只想过自己荣华富贵的生活，什么国家人民的生与死，全不放在心上，招募军队，其实不是为了抗击外敌，而是准备平定内乱。

纠正血案

光绪二十四年夏天，广州阴雨连绵，黑云压顶，谭钟麟督帅府不时有披坚执锐的军人进进出出，敏感的市民都在猜测：又要打仗了。

这天，刘永福一早起来，按照操训日程安排，正在指挥队形训练，突然督帅府传令，要他立马去见谭钟麟。

他匆匆上马，随传令兵赶到督帅府。跳下马来，走进督帅府，看见谭钟麟正焦急地在督帅府转圈。

刘永福进来，他迎了上去，握着他的手说："南海罗格围发生农民暴动，已经有好些日子了，我先时已经派了统领郑润材率一营兵平定，结果被打死了哨兵2名、兵勇18名，国家正是多事之秋，这起动乱得及时平定。现在郑润材压不住阵脚，只能派你率黑旗军出征，不投降者，就地正法，格杀勿论。"

刘永福近段时间虽然天天在操练黑旗军，但他耳目众多，如果真有农民暴动，那有不知的道理？

但此时情况不明，不便多说，只好说："什么农民能对抗500训练有素的军队，是不是其中有出入，督帅先派人查明真相，再发兵不迟。"

谭钟麟看见刘永福有拒绝出兵之意，心里很不高兴，但能做到两广总督之人，自然喜怒不露于色。

听了刘永福的话，平静地说："好，我即刻命南海县令去查证，你随时准备出发平乱。"

刘永福回到兵营，想着现时的清朝从里到外都腐烂透了，人民不堪压迫，造反也不足为怪。

但南海一直没什么结社，帮派之事，大凡造反起事，都有先兆，南海怎么可能突然发生暴动？

他吩咐刘成章悄悄带着几个人侨装打扮到南海走一圈，了解真实的情况。

刘成章人还没有回来，南海县令的调查就出结果了，言之凿凿说是罗格围罗姓真是发动了暴乱。向谭钟麟汇报罗格围"聚众为匪，明抗官军，非大加剿洗，其患胡所止底"。

谭钟麟听了汇报，便到处调集兵马，准务对罗格围村民大开杀戒。

于是，即刻调派统领石玉山率两营，又从虎门调来三营，郑润材率两营，刘永福带两营，外加花炮一营，共十营人马准备进村剿杀。

出发前，谭钟麟进行了训话，大意是养兵千日，用兵一时，务必对暴动分子斩草除根，一概剿洗净尽，绝其根株云云。

最后说："这次十营人马，全交刘大人节制，各营都得听他号令。"

光绪二十四年七月初七日，各营军队分头登船开拔，直向罗格围进发。

罗格围位于南海西樵山相近的海墩，三面临海，只有西樵山接陆路。

刘永福率领的船队到了罗格围海面，他号令军队在船上按兵不动，带着两个亲兵，打扮成一个过路货客，撑着一只小舢板到村中实地了解情况。

展现在眼前的，田里不时有些妇女老人在劳作，或采桑种菜，或捉鱼摸虾，哪里有丝毫暴动迹象。

他走上前，问一个放牛的老人："老伯，怎么村里不见年轻人？"

老伯已经70多岁，皮肤墨黑，一副逆来顺受的样子。他的老牛也和他一样老气横秋，吃进嘴巴的草又吐了出来。

老伯叹了口气，忧愁地说："听说刘大人带着黑旗军要来村里杀人，青壮年都躲开了。"

刘永福装成不解的样子问："刘大人和村里人无冤无仇，他为什么要进村杀人？"

老伯可怜巴巴地说："你快快离开，免得被乱枪打死。"

刘永福说："我又不犯事，为什么要打死我？"

老伯摇摇头，无奈地说："这都是关姓人害的。"

"你们村的事怎么又和关姓扯上关系？"

"说来话长，我说了，你也帮不了忙，说也白说。"

说着，老伯对低着头吃草的老牛说："等下大兵杀进来，你自己躲远点，刀枪不长眼。"

说完，吆喝着牛就要离开。

刘永福拦住他说："我有个朋友认识谭总督大人，如果你说得有理，我找朋友帮帮忙，说不定谭大人就下命令放过你们。"

老伯叹了一声，指着河对岸说："那边住着关姓人，本来，罗姓和关姓并没有什么深仇大恨，都是建将军庙惹出的祸。我们罗姓在建

将军庙时，因为地不够，多起了对河吉利村关姓人的几尺地，罗姓赔礼道歉能做的都做了，关姓人就是不肯放过。在河对岸对着正在建的将军庙放枪放炮，建房子的人被打伤了几个，余下的都吓跑了。将军庙只好停建。

这样一来，我们罗姓很多人便对吉利村人有意见，村中有一帮游手好闲分子，差不多有100多人，经常吵着要对关姓报仇，族长一直不同意。

关姓有个叫关桂昌的在外面做大官，平少很少回村，有一天，突然带着五只缉私船回来，驶过罗格围，经过关家祠，关桂昌在祠堂住了一晚，有多名水勇跟着同住，这肯定是准备对付罗姓人了。

罗姓人便组织了几百人到关家祠堂讨说法。从下午四点一直争到晚上九点，不让关桂昌离开，关桂昌派随从高厚慈从祠堂后面跳出，跑到省城搬救兵。捏造潘、梁、关、罗乡绅之名，修书上送督帅府，督帅府不问清红皂白，就派兵围杀，罗姓人看到大兵来了，情知大事不好，只好退回到东兴圩，关姓人趁这机会，放火烧东兴圩，我们罗姓人又退到高墩，关姓人又接着烧高墩，我们罗姓人又退到南乡，官兵追到南乡，见人就杀，罗家人逼于自卫，用枪射死了官兵，现在好了，大兵来了，反正反抗也没用。只好听天由命了。"

刘永福了解了这些情况，对那位老伯说："你对全村人说，任何人不要和官兵对抗，你们只要听我的安排，我担保你们平安无事，如果拿起武器对抗，说不定全村真被扫平。"

那老伯看刘永福说话有些来头，扑的一声跪在地下，对刘永福说："大人如能求全村10000多人，就是我们的再生父母，我们村人会万世感激。"

附近干活的很多人也跑来跪在地下，纷纷喊冤叫屈。

刘永福安慰大家说："我会为大家作主，都起来吧。"

刘永福说完，带着亲兵离开罗格围。

回到船上，郑润材已经等得不耐烦，看到刘永福回来，便说："刘大人，你下令，攻打罗格围，我打头阵。"

刘永福不客气地说："谁也不准动，村里根本没有暴动。"

刘永福吩咐手下到罗格围通知乡绅到船上商议。

罗格围乡绅怕被杀头，第一次通知，没有一个人敢来，刘永福又再次派人去催捉，村里的人听了那位老伯的话，想想可能来还有一线生机，全村300多名乡绅全部来了，都上了刘永福的船。

刘永福见了乡绅，先将这次进剿之事说了一番："谭大人获知你们村搞暴乱，命我带人来平定，现在我想想听听你们对这事怎么说，是不是有人在搞暴动。"

刘永福这一说，300乡绅齐齐跪在船上，大喊冤枉。大家同时高声叫喊："罗姓并无聚匪乱情事，都是关姓挟恨重禀，督宪误听，求大人开恩，救数万良民免遭杀害。"

刘永福经过自己私访，又召集罗格围乡绅来了解，事情明摆着罗姓和关姓都是良民，只因一时的愤怒，造成了如今的局面，从事实来看，罗姓人动手在先，关姓人被围攻，但后来关姓人趁着官兵围剿之机，放火烧罗姓人，而且烧死了很多人，论罪应该是关姓。

这是明显的两姓械斗，与暴动根本不沾边。

刘永福又找了时间，到罗格围进一步核实情况，有一次他到罗格围里面的低田村孔家庄了解情况，有数十名亲兵同行。孔家庄人得知消息，议选代表，预备举行欢迎议式。刘永福到达时，村民召开茶会欢迎。

刘永福回到船上，李家焯在船上议论刘永福收了孔家庄金猪美酒。

这次围剿罗格围，为了方便后勤保障，设有两个营务处，负责官军的后勤事务，营务处负责人之一是李家焯知府，另一个则是知县刘肇经。

刘肇经是刘永福的部下，两条船一左一右泊在刘永福的船附近。李家焯因为和刘肇经有矛盾，屡屡挑事。因此，这次借茶话会之机来挑战刘永福。

有人将传言传给刘永福的部下。

刘永福听到议论，肺都气炸了，当即把李家焯叫到船上来，责问他说："你那只眼看见我去孔家庄是收了私货！如像你们传言，我这番来罗格围大发横财了，只有你们没有捞得钱，这可怎么办呢？"

李家焯看到刘永福满脸是怒，早吓得双手发抖，知道自己闯下大锅，想走又走不了，只好强装镇静回答："大人一生忠耿，中外闻名，何人不知！那有收受人家私钱之理，纵有伪说，亦是不三不四的闲谈，或有听错，间接传述，都是谬错传闻。"

刘永福看到他吓成这样，也就不再追究，李家焯得以退出。

但李家焯从此对刘永福更加怀恨在心。

有一天，刘永福又请罗格围四个有威望的老人来了解情况，问完话后将4位老人送回公局，李家焯擅自又将四个老人押到他的船上审问，并将四人押到省城，向谭钟麟报告这四个人是匪首，结果四人都被关进了牢房。一直被关了五个多月，刘永福多方奔走，才将这4位老人救出。

刘永福吸取了李家焯谣言的教训，以后事事小心。一次，靠近罗格围的大圩场有80多间铺头失火，刘永福即派黑旗军兵勇数十人，用竹勾勾开火路，控制了火势，有400多间铺头转危为安。

幸免火灾的铺主感激刘永福，担了十多担茶饼礼物要到船上感谢刘永福。

走到河边的大榕树下，被刘永福发现，连忙叫大家把礼物全部放下。

刘永福派人清理礼担，凡是饼果，便全部收下，当着客人的面分到各船，有些海味干货则如数退回。堵住了李家焯之流的嘴巴。

妥善处理了罗格围的事后，光绪二十四年八月十五当日，刘永福班师回营，临行前，罗格围全村10000多人站在基围上放炮送行，船开出很远，还听到炮声。百姓用炮声表达对刘永福的无限感激，一件眼看屠杀在即，血流成河的民间纠纷，通过刘永福细心的调查，让全村化险为夷，至今在南海还成为代代相传的美谈。

得知刘永福回营，沿岸炮台燃灯欢迎，排排灯笼照得省城如同白天。

八月十六日一早，刘永福即到大帅府报告处理结果。

谭钟麟早已经从李家焯口中得知处理结果，当刘永福汇报到："罗格围并没有暴乱，全是因两村民众因建将军庙发生纠纷，相互之间闹意见，又彼此误会，造成械斗，并没有匪，更没有暴乱"时，谭钟麟讥讽刘永福说："叫你去平乱，你都不动手，还能有什么事？难道要等罗格围村民来攻打总督府才算动乱？"

两人不欢而散。

第二次刘永福见谭钟麟，谭钟麟又提起罗格围之事，刘永福坚持说罗格围村民不是贼，都是良民。

谭钟麟听了，生气地说："不是贼，还敢向官军开枪，还敢杀哨兵2名、兵勇18人？"

刘永福也不示弱，大声说："郑润材接到你的命令，不论黑白，只知杀人放火，一心想邀功封官领赏，所到之处，如遇大敌，将罗姓全数赶到东兴圩，纵容关姓杀人放火，罗姓退到大墩，又追杀入大墩，逃到南乡，又追杀到南乡，罗姓人无路可退，一队队集体跳河，横尸塞满河流，这样的情况下，村中男人为了保护村中老弱妇孺，挺而走险，杀了冲在前的兵勇，这叫自卫，不是有意和官家对抗。如果连郑润材一起杀了，那才叫好事一桩，留下这些媚上欺下的狗官有何用。"

谭钟麟看到他说得愤怒，不想惹他，只是仍坚持认为罗格围民众就是爆乱，应该杀。

两人第三次见面,谭钟麟又旧事重提:"罗格围之事,我叫你去平乱,你不放一枪就带着十营人马回营,就是不听我的命令。"

刘永福听了,突然拍起桌子说:"如果按照你的命令,数万生灵都成为冤鬼,做下这事的我自然人头不保,但你这大帅的乌纱帽也被摘下,我为你保住了乌纱,你反而一次二次口出不逊,是何道理?如你硬要说罗格围民众是匪请拿出实据,我愿用人头担保,罗格围民众都是良民,如果有匪者,我愿军法处置,以谢粤省人士。"

谭钟麟看到刘永福大怒,不想激化矛盾,反而安慰刘永福说:"我知你是忠直之人,这次我就信了你,以后罗格围之事绝不再提。"

以后,谭钟麟果然不再提起罗格围,罗姓民众从此过上安定的生活。

平定械斗

光绪二十五年,广府所属的通天三元村李家,与近邻小布村黄家,因在石井圩赌博发生争执,黄姓人开枪打死了李姓人。

李家为报仇,广发英雄贴,邀请附近几十条村的李姓人到黄家报仇。黄家听到消息,也不示弱,除了全族族众,又请刘姓、黎姓帮忙,一下子聚集了2000多人,一时间,声势浩大,杀声震天,打了几仗,互有伤亡。

此时的两广总督已经换了人,由李鸿章担任。

李鸿章得到报告,认为如果官军去得少,不但不能弹压住双方械斗,弄得不好,反而把官军拉入泥潭,抽身不得。于是,他一下子抽了几支队伍,计有广协李先义及中协水陆诸军,由统领李世桂带领数千官军前往,还有一府二县一把手全部出动。

先是一府两县到黄家庄做劝说工作。此时的黄家庄,李姓人正聚集在其村中,准备开打,两姓人根本不把一府两县放在眼里,既不接待,也不理会一府两县，眼看两姓人马又要开打，有人提议官军如果不弹压，这次伤亡会更大。

于是李先义的广协军进村，官军到来，不仅不能制止双方一触即发的械斗，甚至两方都在做官军的工作，大喊同姓的要保护同姓，官军中有些人开始动摇。李先义看到大事不好，只有骑马跑回，向李鸿章报告说："李黄两姓多是死硬分子，根本不听劝说，还想拉同姓兵勇加入械斗，请大帅速速想办法。"

李鸿章听了，对李先义说："看来只好请刘永福出面了，你速到他的兵营处传我话，请他速速带兵前去处理。"

李先义唯唯诺诺听完，即刻策马直奔刘永福兵营，见了刘永福，上气不接下气地说："李中堂请你带黑旗军前往小布制止械斗，我们水陆多个营前去弹压，没法制止，现大械斗马上就要发生，你最好马上起程。"

此时，天全黑了，刘永福回答说："现在天都黑了，就算要出发，也得先行煮饭让弟兄们吃饱再上路，你回去告诉李中堂，我今夜两点煮饭，天未光起行。"

李先义也不敢多说，听了，告辞一声，又急急策马而去。

李先义一离开兵营，刘永福即发令，调刘成章、廖发秀两营1000人，加上抽调柯壬贵开花炮营四蹲大炮同去，自己亲自带队起程。

要到小布村，必须经过通天三元村，晚上，李姓又急招了数千人，李姓人数已经达到六七千人。

李姓人准备今天赶去小布村增援。大家约好，天亮即到江下李氏大祠堂集中，燃炮为号，一炮吃饭，二炮集队，三炮起行。

他们刚放了第二炮，正在集队，刘永福的人马赶到。

站在祠堂黑压压的李姓人群情激愤，相互打气要铲平小布村，突然看到黑旗军队伍整齐，雄赳赳地开来，大家突然禁声，转瞬便都吓

虎将 刘永福
HU JIANG
LIU YONG FU

173

得两腿发软，魂飞魄散，轰的一声，有背着枪跑的，有仍下枪就跑的，几千人像循地一样转眼间一个都不见了。

刘永福官军开过三元村，连一个壮劳力也没看见。

刘永福带队到原来打架杀死人的石井驻扎。

刘永福驻扎在石井，听说李姓人已经集中了近万人，往黄姓集中的大石马、小石马进攻，这两条村民风强悍，也不怕李姓人多，出钱请了500多当地最善于打仗的茅人帮守村，李姓人进攻，他们躲在村中隐蔽处，沉着放枪，杀死了很多李姓人。

刘永福听了，连忙集合黑旗军赶往大石马和小石马。

赶到现场，两姓人杀红了眼，枪炮声震天动地，硝烟弥漫，伸手不见五指，刘永福指挥黑旗军鸣炮进入大石马，强力劝架，刚开始时，压了这头，那头又冒起，压得中间，两头又打起来，刘永福看着这乱哄哄的战局，于是将两营黑旗军全部插入正在相互攻打的李、黄两姓中间，李、黄两姓虽然杀红了眼，但看到官军插在中间，知道错杀官军后果极为严重，一时间双方都不敢再射击，双方只好鸣枪收队。

刘永福也收了队，回到石井，听先期到达的水陆各营汇报，知道李姓近万之众，现在虽然退回三元村，但只要官军一离开，李姓就会立马杀回。

为了彻底解决李黄械斗，刘永福亲率亲兵300多人，直接赶往江下李家祠堂。将近村前，早已经被村中的探子看到。李姓人探得刘永福亲自出马，都纷纷逃走，一下子，大祠堂空无一人，当时他们正准备开饭，有大盘的好菜，饭还在冒热气，刘永福说："浪费了可惜，大家先吃早饭吧。"

300亲兵听了，放开肚皮大吃特吃，但近万人的饭菜，几百人又能吃多少？

正在这时，一府两县各官也到了三元，来向刘永福讨主意。

刘永福见两村的父母官都在，便将他考虑成熟的办法说了出来，他说："今日械斗，虽然在官军的强力弹压下，李、黄两姓收了队，但这种民间的仇恨，结下了，就很难解开，说什么道理对他们都是对牛弹琴，若要彻底解决，只能请两村的乡绅和德高望重的老者来签字画押，我的意思，先和两姓人说清楚，从今以后，那姓先开打，官军就将那姓男女老少尽数剿灭，一个不留，绝不手软。这样训诫两村，并叫他们签字画押。"

一府两县听了，都说："这是目前唯一能制止李、黄两姓继续械斗的办法。"

大家同意了这个办法，于是便分头找两村乡绅。

过了不久，两姓的乡绅都来了，共有100多人。他们见了刘永福和一府两县，刘永福将刚才对一府两县说过的话重复一遍，最后说："孙子曰：兵者，国之大事也。死生之地，存亡之道。国家养兵是用来对付侵略者的，但你们械斗，动不动就开枪开炮，为了平息械斗，官军四处应付，若这时有外敌入侵，国家就惨了。下次李黄两姓，谁胆敢先开打，官军将全剿杀那姓，连村也铲平，你们签了字，就要教育好双方民众守约，不能再相互攻打。"

这些乡绅何尝不知道这些大道理，听了刘永福的训诫，自然都签了字，刘永福拿起契约看了，交给了知府，知府看了又交给县令存档。

两方自然都不服，尤其是通天三元村，首先被黄姓人杀了人，攻打黄家庄又被射杀了几十人，吃大亏了。但惧怕刘永福派兵铲平全村，灭了几万生灵，不敢以身试法，安静下来了。而黄姓自己先杀了李姓人，李姓人攻打黄家庄又没有讨得什么便宜，李姓不再寻仇，自然不再挑事，这样两姓倒是老老实实过起了平安日子。

两姓械斗之事发生在六月底，处理完，已经是七月下旬。刘永福怕两姓再起事端，又观察了几天，这才带黑旗军回到兵营。

虎将
刘永福
HU JIANG
LIU YONG FU

人没回到兵营，李鸿章已经派人送来嘉奖：名不虚传，先声夺人。

刘永福不屑一顾地说："我不要这卖国贼来评功摆过。"部下都知道刘永福讨厌李鸿章，也就不敢作声。

智平匪乱

这年八月间，肇庆府所辖四会县古水圩深涧、英涧两地，突然冒出一股土匪，这股土匪聚众1000多人，胆大妄为，光天化日烧杀抢劫，劫船掠村，绑架勒索，无恶不作。

这股土匪如此嚣张，是因为他们的老巢易守难攻，他们聚在深涧、英涧交界之处，该处悬崖拔地而起，上顶云天，危峰兀立，远远望去，那悬崖陡似天梯，好像是被人用巨斧劈峭过似的。走近些，只见云雾缭绕，犹如一把利剑，耸立在云海之间，中间只有一条小路通过，出入口处又有三重险峻山峰犬牙交错，一人在此把守，万夫莫开。

凭着这些天脸，土匪有恃无恐，只要逃回老巢，便可高枕无忧。

当地民众被土匪祸害苦不堪言，地方绅士联名上书李鸿章："若非调派威望大员，统兵到剿，难断收效。"

李鸿章收到禀文，想到此事只有刘永福能解决，便派人传话，要刘永福进督帅府见面。

刘永福对李鸿章充满了矛盾，他在台南孤岛苦战时，断他粮草的就是这李鸿章，张之洞筹集的10万两救急的银票他也敢硬生生扣下，如果有钱粮供应，他就能守住宝岛。

更让他不能原谅的，这家伙居然签订了人神共愤的《马关条约》，将祖国宝岛拱手让给日本鬼。

但这李鸿章，的确有过人之处。日本首相伊藤博文视其为大清帝国中唯一有能耐可和世界列强一争长短之人，慈禧太后视其为再造玄黄之人，与时人俾斯麦、格兰特并称为世界三大能人。他只在胶州湾转了一圈，就发现了胶州湾无以伦比的价值。李鸿章极力主张"师夷长技以自强"，他倡导的洋务运动，和刘永福的想法不谋而合。刘永福一直认为，只要是好的，有用的东西，就应该学习，管它东方西方。李鸿章办了中国第一个大型兵工厂，第一座炼钢炉，第一条铁路，第一个煤矿，第一个纺织厂，第一支近代海军，第一艘轮船，洋务派创造了中国的许多的第一，这也是刘永福所欣佩的。

对这李大人，他又爱又恨，因此，平时能离他远点尽量远点，甚至有一段时间，刘永福还以与这样的人为伍感到耻辱。

现在被传见，怀着复杂的心情进大帅府。

两人见了面，李鸿章向他说了古水土匪为害之事，并有些歉意地说："你刚刚平定了李、黄两姓的械斗，本来不想动用你和黑旗军的，但因为肇庆府多次派兵围剿，都无功而返，省里也先后派官军围剿，收效不彰，所以，还得请刘大人你辛苦督战，这事由你去处理我也放心。"

刘永福听了，心里想："1000多土匪好收拾，麻烦是现在省、府、县兵马都集中在古水圩，这么多人，各军隶属不同，一些向东，一些向西，土匪没剿灭，内部可能先打起来，没有统一的指挥，要剿灭土匪谈何容易。

想过后，公事公办地说："此事不难，但我有个请求，请中堂大人交大令[1]以我，并下手谕，所有剿办古水圩匪乱事宜，各军均归我节制调度，又须全权便宜行事。"

李鸿章听了，说了声："这次剿匪，你全权办理，我不会横加干涉。"

刘永福说："如这样，正合我意。"

李鸿章当即取出一支大令，交以刘永福。

（1）北洋军阀时期，军队中受命抓捕逃兵或强盗的执法凭证，给予执令者"就地正法"逃兵或强盗的权利叫大令。

刘永福手中有了尚方宝剑，走出大帅府，从容回到兵营，即清点五营黑旗军，开往古水圩。

在古水圩，他召开了第一次会议，对黑旗军进行了调度，其中安排柯壬贵花炮营进入英洞，派前营统领张来开赴深洞，其如三营暂时驻扎在古水圩。

黑旗军到来，土匪早已经闻之，这些土匪虽然恶贯满盈，总算有自知之名，刘永福黑旗军驻扎期间，通通躲回大山中，也不敢犯案。

刘永福想着土匪巢穴隐蔽，又有天然屏障可倚，派兵剿杀，就算成功，黑旗军也要付出沉重代价，都说打蛇打三寸，擒贼先擒王，如果能把为首的土匪头抓了，那些小蛤蟆，自然一哄而散。

想好办法后，便派亲兵四处密查土匪的家眷在哪，派人一家家蹲点，同时悄悄在民间出红花奖赏，凡报告土匪头子线索者都有重赏。还利用当地民众作为内应，经过一段时间布线，一个月下来，八名土匪头子被抓了七名。

虽然出行前拿到大令，但如何处置这七名匪首，刘永福还是派人请示了李鸿章。

李鸿章得知抓了七名土匪，非常开心，又发嘉奖。同时命令刘永福就地正法这七名土匪头子。

民众得知抓了土匪头子并就地正法，欢天喜地，烧炮庆祝，炮纸铺满正个古水圩。

当时还有一名叫蛤蟆生的匪首走脱，此人已经逃往怀集被乡绅发现密报给刘永福，刘永福正要去抓人，突然收到一封紧急公文，公文称："李督到京任职，不日即起行。"

刘永福看了公文，想到借李鸿章的大令得交还他，同时考虑到接手的总督不知下步怎么做。加上经过捉拿匪首就地正法后，很多小蛤蟆为了保命，纷纷投案自首，地方基本已经平静。想来想去，于是带领五营黑旗军回到省城。

入督帅府见李鸿章，此时的督帅府，已经打包准备走人。

各种不能带走的杂物扔得满地都是，李鸿章看见刘永福，高兴地迎上前来，两人站着说话。

刘永福本来就不想和他共事，现在李鸿章就要走了，也没有什么好流恋的。简单汇报了剿匪之事，还了大令，正要离开。

李鸿章喊住他说："我知道你对我有很多意见，台湾割赔，我比你更心痛，从大的方面说，为这割赔，我会背一辈子卖国贼的黑祸，从小的方面来说，我差点赔上一只眼[1]。你忠勇不屈，如果不断你供给，你一直抵抗下去，就会有很多的台湾民众和黑旗军战死，你也不能全身而退，我不是故意和你过不去。"

刘永福听了，脸色凝重地说："都过去了，祝李中堂这次好运。"

刘永福匆匆离开了总督府，回兵营的路上，想想李鸿章的话，长叹一声：最好的人才在蠢才手下也会变成废柴。"

（1）李鸿章在谈判期间，由于坚持要修改条款，在返住地中途突然遭到日本浪人小山丰太郎狙击，子弹击中左颧骨并累及左眼，差点瞎掉。

第十二章　壮心不已

由于清朝腐败无能，对内严刑峻法对付人民，对外卖国求荣，各国侵略者步步进逼，在祖国大地划分势力范围，相互勾结，又相互攻防，大好河山成为各国侵略者的试验田，人民苦不堪言，1900年，终于爆发了义和团运动，以席卷京津之势，汹涌澎湃的推进。

义和团有自己的一套纪律，如"毋贪财、毋好色、毋违父母命、毋犯朝廷，杀洋人、灭赃官，行于市必俯首，不可左右顾，遇同道则合十"等。这些戒规在初期得到了较好的遵守，义和团一下子壮大到数万人，《庚子记事》载："看其连日由各处所来团民不下数万，多似乡愚务农之人，既无为首之人调遣，又无锋利器械；且是自备资斧，所食不过小米饭玉米面而已。既不图名，又不为利，奋不顾身，置性命于战场，不约而同，万众一心；况只仇杀洋人与奉教之人，并不伤害良民；以此而论，似是仗义。"

有时义和团甚至担负起维持治安的责任，如"刻有聂军门所统之武卫军兵多人，皆持器械，向各处抢夺。经匪首曹福田拿获二十余人，皆杀死。"（《天津拳匪变乱纪事》）。义和团运动后期，由于成员日益复杂，出现了许多违法乱纪的现象，清政府上谕也不得不承认"……涞涿拳匪既焚堂毁路，亟派直隶练军弹压。乃该军所至，漫无纪律，戕虐良民，而拳匪专持仇教之说，不扰乡里，以致百姓皆畏兵而爱匪，匪势由此大炽，匪党亦愈聚愈多"。

清朝本来想借助义和团以洋人对抗，谁知反而引狼入室。"匪党亦愈聚愈多"就是最好的写照。

1900年5月28日，美、英、俄、法、日、德、意、奥八国侵略者决定消灭义和团，以保护各国使馆为借口，调兵进入北京城，并且厚颜无耻地提出要清政府安排车两运输军队，就像强盗进村杀人放火，还要村民打开大门欢迎一样，一国的主权如此丧失始尽，国家耻辱如此，是中国人都不耻。此时的清政府，被逼得走投无路，左右为难。

最后，慈禧太后于6月20日明知不可为而为，发出了宣战诏书，在发出诏书的同时，她又十万火急地发出檄文，请各省督军火速派兵勤王。

在给两广总督李鸿章的手谕中，特别点名，一定要刘永福带领黑旗军勤王。

北上勤王

此时的李鸿章，国家有难，又令他北上京城应对。

他在交接时，已经把督印交给了两广巡抚德寿接手署理，就是代行使两广总督之职。本来按照李鸿章的意见，广东是边境之地，一定要有威望大员镇守才能南北相呼应，但德寿不这样想，既然太后已经下令黑旗军北上，就得不折不扣执行。

德寿看到手谕，天天催刘永福带兵北上，而此时的黑旗军将领也听到风声，知道朝廷要刘永福带领黑旗军北上勤王，柯壬贵、廖发秀这两个跟随刘永福多年的猛将，面见刘永福劝他说："朝廷对我们黑旗军从来没有重用过，只把我们作为工具，现在情况未明，面对强大的八国强盗，我们这点兵力，北上到人生地不熟的北京，无疑以卵击石，义哥63岁了，干脆告老还乡，保持一世英名。"

两位爱将的话，刘永福何曾不知。但是国家有难，匹夫有责，眼看大好河山被烈强蹂躏，他要保护的，不仅仅是慈禧，他要保护的是祖国锦秀江山。

想过后，他对柯壬贵、廖发秀说："我们不应该以个人的恩怨得失对待国家大事，这次北上勤王，有皇帝手谕，师出有名，一定会到得民众的拥护。你们及时做好起程准备，刚刚德寿派人来催我去见他，看来又是为了出兵之事，我见了德寿，可能马上就要起程了。"

主帅这么说，他们两人自然不好再反对。

刘永福到了总督府，德寿一见他，当面责问说："现上谕要你勤王，你何不速行打点？"

刘永福不想和这么一个不懂兵，不知兵的老头子争论，只好说："若要速去，我即带领亲兵400名，到了北京再招募就是。"

德寿听了，跳起来说："这怎么行，上头知道你有六营兵马，你为什么说只带400亲兵？你这样做，上头一定怪罪于我，你一定要带齐六营人马到京城，粮饷方面，你不用担心，我会按时供给你。"

刘永福被逼答应立即带着六营人马北上勤王。

德寿只求刘永福动身，他就完成了任务。

现在刘永福同意，便欢天喜地地饬善后局解送三个月薪饷公费白银一十三万两，还有车马费二万两。

刘永福收到薪饷，即下令黑旗军誓师起程。

他率管带李联周、张来、柯壬贵、廖发秀、张万春、黄龙昭六营人马，先坐船到韶关，在乐昌县上岸。又走四五日，到了石坪，又由石坪搭船在河中走了四五天，到了湖南省管辖的宜章县，经过新田、郴州、又经过数个州县，到了九月份，到达了衡州。正要转船北上，突然接到德寿三路同时拍来加急电报，一路电报拍到湘潭、一路拍到湖南省会长沙、一路拍到韶关。这些电报都是用千里马层层急送，最后全部落到人在衡州的刘永福手中。

三封电报内容都是同样的，就是催刘永福速速回广东。原来刘永福在广东坐镇的时候，惠州、潮州两地的各种匪乱惧于黑旗军的威慑作用，不敢兴风作浪。现在刘永福已经离开广东，一时三刻回不了广东，于是惠、潮两地匪乱便纷纷惹事生非，还将香港几百名匪徒引来广东，有的甚至穿起黄色号衣，扬言要推翻清朝，巡抚院内被埋了炸药20桶，幸好引爆的只有两桶，要是全部爆炸，德寿十条命也完了。

德寿吓得半死，也不记得自己曾经责备过刘永福为什么迟迟不动身北上的事，日夜兼程地催促刘永福赶快回来保护广东全境。电文称："火速星夜往回赶，九月九日前一定要回到粤省。"

刘永福接了电报，不分昼夜，急急行军，到达郴州后，即召集六个管带召开会议，要求各营即刻挑选出200精锐，由各营管带亲自带队，赶回广东应急，自己则带着如下的兵士随后赶回。

各个管带带着自己的人马，飞奔上路，不日已经到达韶关，管带们按照刘永福的指示，一到韶关，立即给德寿拍电报，告诉德寿他们已经回到韶关。

消息传开后，惠、潮两地作乱的土匪望风而逃，刘永福不放一枪一弹，就解决了吓死德寿的匪乱，德寿自此更加警惧刘永福，如芒在背般地难受，又怕又忌。

刘永福连发了几封电报报告黑旗军的行程和方位，德寿看到匪乱已经消散，为了挫挫刘永福的威风，便一直不给他回电报。

不几天，刘永福所带的黑旗军也回到了韶关。刘永福再次发电报："兵队已经到齐，现在韶暂扎，如何处置，请指示办理。"

德寿这时才回电："全军回省，乃定行止。"

183

刘永福于是带着雄赳赳气昂昂的六营健儿，搭船回到天字码头，他对各名管带说："大家就地休整，我先去见过德寿大人。"

刘永福带着两个亲兵到了巡抚房（德寿当时还署理总督，没有正式任命，还住在巡抚房），见过德寿，在了解了这次惠、潮两地匪乱的情况后，这才请示如何安置黑旗军。

德寿邹着眉头想了好久，这才说："现在各匪都已经散了，惟是尚待善后而已，我今命你到惠州捻山饭岗、平山各处，办善后就是。"

刘永福一听，气得肺都要炸了，直接顶回说："我只知带兵打仗，善后之事我不会做。"

德寿认准刘永福是故意和他作对，阴阳怪气地说："既然你不善于善后，就不用你善后，你只管带兵到惠州，相机将六营人马分散到各处驻扎。"

刘永福无奈，只得带着黑旗军到惠州，他的指挥部设在玄妙观音，分派李联周营驻淡水，廖发奎营驻捻山，张万春营驻平山，张来营驻饭后岗，黄龙昭、柯壬贵两营，则陪刘永福驻扎在惠州附城。

刘永福和他的黑旗军驻扎在惠州两年，惠州地方社会稳定，民众安居乐业，没有发生过匪乱。

后来，德寿找了种种借口，把黑旗从刘永福身边调开，最后跟着刘永福在惠州的，只剩下三营。

这时新的总督陶模到任，刘永福去参见陶模，陶模提议说："现在琼州总兵出缺，我想派你前往任职，你意见如何？"

刘永福心里想：在广东发生战事自己还能帮上忙，到了琼州，就只有闲居，不劳而获，不是做人的本份。一时之间又找不到合适的借口推辞，只好说："这个我再考虑考虑。"陶模听了刘永福的话，关心地说："还有个地方你也可以去，就是碣石。"

刘永福原来就兼任过碣石总兵，对碣石有感情，听了陶模的话，回答说："谢谢总督，我愿意到碣石。"

说到人员调配时，陶模又说："因钱粮紧张，你现有的三营人，只能留一营，要裁去两营。"

刘永福一听，知道黑旗军在这些当权派中已经无足轻重，心恢意冷之下，也不出声。

他的管带可没有这么冷静，听到裁减消息，纷纷来找刘永福，人人都说："听说广州府的龚心湛盯上了我们黑旗军，一直在运作想将两营划给他统领，三营各哨头都已经表态，要么跟着义哥，要么散伙，除了义哥，谁也不跟。"

这事传到龚心湛耳里，他怕得罪刘永福，反而向刘永福讨好，通过他做说客做陶模的工作，这三营人得以保留下来，光绪二十八年，刘永福带着三营黑旗军到了碣石。

这年底，刘永福奉旨调补河南南阳总兵缺，刘永福向朝廷上禀说："刘永福起家边徼，曾立战功，惟操粤语，于他省语言未深究，南阳为腹地重镇，自揣弗克胜任。现恳请留粤效力。"

朝廷批准了刘永福请求，继续在碣石任总兵。

到了第二年（光绪二十九年），张来所带的这营又被陶模调到南海所属的西樵山。

这次，刘永福对朝廷的幻想彻底破灭，坚决请求开缺回家。

当时两广总督又换了岑春煊，岑春煊对刘永福说："知道的会认为你自己申请开缺的，不知道的会以为我和你合不来，我刚上任，你就开缺，万万不可。"

刘永福去意已经定了，一次不行，又来第二次，岑春煊知道强压的牛难喝水，在刘永福第三次申请，并且已经回到广州沙河以医病为名离开了碣石总兵位的情况下，只得悄悄派了一个西医到他的府上查明刘永福是否有病，这西医经刘永福一番工作，回到太帅府报告说："刘永福满身都是湿气，继续工作已经不方便。"

后来又换总督，刘永福又上禀，这才拿到了一个可以离开广州的理由，批复上写道："应照据情代奏，是否准行，仍候朱批，另行饬遵。"

刘永福如同放飞的笼中鸟，于光绪三十四年（1908年）正月，得以归家钦州。这一年，刘永福71岁。

怒告贪官

刘永福有几员大将，如杨著恩、黄守忠、吴凤典等，都是他最得力的干将，杨著恩在抗击李威利时战死，黄守忠后来由于唐景崧从中挑事，脱离刘永福被清政府改编，而吴凤典一直追随刘永福。

吴凤典于光绪十一年（1885）随刘永福回国，任广东雷州参将。光绪二十年（1894）中日甲午战争事起，刘永福招黑旗军旧部赴台湾帮办军务，吴凤典时年54岁，踊跃响应同往台湾抗击日寇。随刘永福内渡后，被复任雷州参将，光绪二十五年（1899年）回乡。光绪三十二年冬逝世于上思州上伴村家中，享年66岁。清政府诰授吴凤典为"龙虎将军"。

刘永福对这个爱将有多爱，从一件事就可以看出，刘永福征得岳夫黄仕灵的同意，将自己的妻妹嫁与吴凤典，多年来，尽管两人虽然天各一方，但走动一直比较勤，就算吴凤典比刘永福早逝，刘永福还常常关心吴凤典的家人。

刘永福于光绪三十四年回到钦州后，成了闲人。

时近清明，他决定回上思扫祭亲人，这天，他正想动身，突然收到妻妹来信。

刘永福开心地接过信，对身边的养子刘成良说："你凤典叔转眼间已经去世两年了，这次回上思扫墓，我要到他坟头烧炷香，和他说说话。你提前和吴家人打个招呼。"

刘成良回答说："父亲，我知道了，我这就去安排。"

刘成良走后，刘永福慢条斯理地展开信，慢慢读着，突然他重重地锤打了一下桌子，愤愤地说："还有没有王法？居然干下大逆不道的事。"

已经走远的刘成良听到父亲怒吼，不知为何，连忙转回头小心地问："父亲，怎么了？"

刘永福把信递给刘成良，恨恨地说："这次回上思，我要想个法子治治那孽子。"

刘永福青筋暴张地自说自话的时候，刘成良已经读完了这封来信，这封信，可谓字字血，声声泪。

原来，吴凤典出生入死追随刘永福抗法抗日，又任清朝官员多年，积累了一些家产，他死后，后人为争家产反目成仇，他的儿子吴世元与吴姓族人为了谋取吴凤典的全部财产，吴姓族人吴世统纠伙抢劫，杀死吴凤典之妻吴谢氏及养子吴世臣，据吴凤典之妾吴朱氏及吴世臣之妻吴莫氏证实，案发现场亲眼看到吴世元在场，间接证明他参与谋财害命之事。

家人报案后，吴世统、吴世元都被捉拿，但只惩处吴世统，吴世元被放了出来。

刘永福之妻妹吴黄氏请求刘永福为死去的吴妻和其养子讨回公道。

刘永福就如何惩处吴世元商量对策。他告老还乡后，身边还跟着五名亲兵，平时护护家，跑跑腿，也没有什么大事，这五名亲兵都是年轻的后生仔，人勤，肯出力。刘永福视同儿子。

这五名亲兵分别是：黄远南、周云廷、潘兆山、蓝景胜、陈振山。5人都是土生土长的钦州人。

刘永福对5人说："后天就是清明了，我们明天回上思，我先回家扫墓，你们5人到上伴村先把吴世元抓起来，防止他逃跑，待我到后再将他押到官府审问严办。"

五名亲兵听了，以为这是小菜一碟，五个训练有素的亲兵对付一个书生，难不成他还能飞了？

于是，大家便一同出发，到了上思州分为两路，一路刘永福带着自己的四个儿子回到平福新圩扫墓。

另一路黄远南、周云廷、潘兆山、蓝景胜、陈振山5人到了上伴村，在一个铺头里抓住了吴世元。

吴世元得知这5人是刘永福亲兵，吓得屎尿直流。

黄远南对四人说："刘大人现在已经没了官衔，我们虽然有理，但白天抓人，总归不好，我们找个稳妥的地方安置吴世元，待刘大人到后再作商议。"

黄远南长大家几岁，平时大家都听他的，听了他的话，大家都认为这样子才好。

于是，将吴世元转移到上思圩鸡鸭巷内一间民房里。

几人正在无所事事，突然上思州同知蔡其铭带着20多名兵士到来，近前，也不问青红皂白，就想缴他们的枪。

这些兵士根本不是5名亲兵的对手，三下两下就被撂到了好几个。

蔡其铭一看，对天啪啪放了两枪，大声说："我是上思州同知蔡其铭，谁敢反抗，格杀毋论。"

黄远南听说是官军，放下心来，对大家说："到了官府，就有讲理的地方，大家不要反抗了。"

结果大家仍下了武器。

5人被蔡其铭的手下缚了，抓回了官府。

吴世元被救了出来。

刘永福得知亲兵被捉，连忙赶到上思州。

蔡其铭假惺惺地来见刘永福，刘永福说："那5人是我的亲兵，请你将他们放了。"

蔡其铭狡猾地说："现在边境多事，很多间谍化妆窥探我大清国情况，上头有令，一切可疑人物都要严加审问，宁可错杀1000，不让一人漏网。"

刘永福气得大声说："这五人是我的亲兵，如果他们是间谍，我愿承受军法处置。"

蔡其铭不阴不阳地说："刘大人已经是平民，怎么可能以军法处置，你放心吧，我们会公正处理。"

这蔡其铭在上思州任官多年，贪赃枉法，无恶不作，上思人早就恨之入骨。刘永福看到他如此嘴脸，已经明白七分，这蔡其铭肯定收受了吴世元的巨额赃款，死保吴世元，现在只有到南宁告他。

刘永福说走就走，连夜起程上南宁。

蔡其铭得知刘永福到南宁告他，狂凶极恶地下命令，派了1000多人去追赶刘永福，他对带兵的官员说："无论如何要将刘永福抓回来，活要见人，死要见尸。"

1000多人一路追赶，路上，两个带兵的嘀咕："蔡同知包庇吴世元，刘永福上到南宁，这事就要大白于天下，我们如果打死了刘永福，蔡其铭死不承认是他下的命令，到时吃不了兜着走的还不是我们，算了，我们追赶一程，回去复命得了。

于是这些带兵的假情假意吆喝了几声，名是抓刘永福，实在保护刘永福。

刘永福一路通畅赶路，走到吴圩，5个亲兵已经被蔡其铭就地正法。

刘永福大喊一声："蔡其铭，你个狗官，我要你血债血还。"

说完，一路加快了步伐，第二天一早，拦下了正在边境巡视的广西巡抚张鸣岐喊冤。

虎将
刘永福
HU JIANG
LIU YONG FU

189

张鸣岐听刘永福说了前因后果，吓出了一身冷汗。原来，黄远南等5人，正是他下令就地正法的。

话说，四月三日下午，他正在边境巡视，突然接到蔡其铭的加急电报，电文说："昨闻前闽粤南奥镇总兵刘永福有到上思州扫墓之说，倾查街兵弁回报，有穿统领福字军号衣5人，带有枪支到大街，将已古州营参将吴凤典之子吴世元捆往上思州鸡鸭巷内，幽闭楼上，登即亲领弁勇前往一并拿下并起出枪五支及吴世元云云。最后说，当此军务吃紧之时，是不是刘永福的亲兵，均应严惩。请复明示。"

这张鸣岐正在担心边境被间谍渗透，当即批示："就地正法。"

张鸣岐回想此事，已经嗅到被蔡其铭陷害的味道，为了挽回残局，一边将此事行文朝廷，一边命广西省按察使吴徽鳌前往上思州亲督重审。

案件真相大白，张鸣岐向清廷请罪，原文为："阅上思厅原卷，吴世元确系曾经获案，吴世统供内亦有吴世元知情之语。不但案内要紧情节与蔡其铭原禀大相悬殊，即失事投案获犯各日期亦与原禀无一符合，其中显有情弊。该署同知于逆伦重犯尚敢捏改案情，纵令日久漏网，则因黄远南等一案亦难保非因迴护前罪，有意朦禀，藉端诬陷。且黄远南之捆捉吴世元，该署同知既已知系衅由吴世元谋逆伦而起，何以迭次电禀并无一语声叙？迨黄远南等正法之后，经臣电询始行提及，揆其鬼域之计……相应请将广西补用知府署上思厅同知蔡其铭先行革职，归案讯办，臣于此案中一时为所蒙弊，未及详查，尤难辞咎……俯准将臣交部议处，以为办事粗疏者戒。"

张鸣岐最后被交部议处，也算是求仁得仁。

这蔡其铭后来被押到广州受审。

刘永福得知消息，当即写状子上递，状子上说："当上思吴绅家骤出逆伦重案，伊与吴姓属姻亲，因派人帮拿凶首，乃蔡其铭不查实情，竟指为白昼掳人，行同匪首，并遽行瞒禀西抚（即广西巡抚张鸣岐）拘拿差弁，分别就地正法。似此逆伦重案，地方官不能事先事访实办凶，乃意一味庇纵并枉杀案外五人，国法奚在？因蒙提东（广东）审，特行赴案投质，势不与该同知两立。"

蔡其铭最后被撤职，虽然没有达到刘永福的愿望，但总算为冤死的5名亲兵讨回了部分公道。

担任民团总长

蔡其铭案告一段落后，刘永福闲居在钦州，这一时期，资产阶级民主革命之火成为燎原之势，宣统三年三月廿九日，广州黄花岗起义，资产阶级革命党人用生命和鲜血献身革命的伟大精神震动了全国，震动了世界，也震动了刘永福；四月，四川又爆发"保路运动"，清政府已经显出穷途末路；八月十九日发生了震惊中外的武昌起义，41天之中，湖南、陕西、江西、山西、云南、浙江、贵州、江苏、安徽、广西、福建、四川等省市，先后宣布独立。

刘永福虽然已经过了古稀之年，但烈士暮年，仍壮怀激烈，他时时关注国家大事。看到如火如荼的民主革命运动，刘永福既惊讶又深感振奋。在钦州很难全面了解外面的世界，他坐不住了。宣统三年六月，他从钦州起程，到达广东，住进了沙河宗祠。

刘永福在沙河宗祠隐居观察一段时间，一时决定不了何去何从，想到自己无权无兵，力不从心，无奈之下，他于宣统三年九月九日前往香港，期间加入了同盟会。

这年九月十九日，广东宣布独立，刘永福在香港获悉广东独立消息，即于九月二十四日回到广州，仍住在沙河。

广东独立后第一位都督是胡汉民。胡汉民素来敬仰刘永福和他的

虎将
刘永福
HU JIANG
LIU YONG FU

黑旗军抗法抗日事迹，两广百姓口口相传的"刘义打番鬼，越打越好睇"他早就耳熟能祥。

他正在物色一个能帮他管理军队的人才，得知刘永福本人身在广州，他兴奋异常，当即派他的得力助手何克夫带着几名幕僚，拿着一个大礼盒往沙河刘氏宗亲祠堂而来。

何克夫见了刘永福，呈上了胡汉民给刘永福的拜托信，真诚地说："都督得知您人在广州，非常开心，清朝已经完了，民国马上就要宣布成立，现在正是建立强大国家的最好时机，希望您能为胡都督分忧，帮助他管理各路军队的调度与节制。"

刘永福这期间，已经读完了胡汉民的信，听了何克夫的话，陷入了沉思，他想道：自己征战50多年，出生入死，抗法抗日，一心只为社稷，报效国家，现在广州城内有军队近十万人，人员复杂，由于粮食筹措，饷银开支乱纷纷的，很容易出事，弄得不好，军队就会哗变，这个时候，如果没有一个懂行的人来管理，就会出现扰民等乱象，这个忙得帮。想过后，对何克夫说："我自己去见胡都督吧。"

何克夫一听，自然高兴，速速派人回都督府牵来了几匹高头大马，在前面引路，一行人到了都督府。

刘永福进了都督府，见过胡汉民。

胡汉民诚恳地说："现在之事，虽然仰仗先生（孙中山先生），得以反正，复还汉土；但刻下之事，专望老先生助我一臂之力；我今不过做一总理而已。所有兵权一切事务，专望老先生统辖。"

刘永福看见胡汉民如此信任自己，也开诚布公地说出了自己的担忧之处："我今年纪比壮岁不同，且部下少在左右，恐不能担任如许重任。"

胡汉民恳求说："无论如何，这个忙你一定要帮我，部下不在身边，你可以边做边招回得力部下。"

话说到这，刘永福再也不好推迟。

从都督府回到沙河祠堂第二天，都督府的委任状就送到了刘永福手上。委任刘永福为"广东省民团总长"，委任状中明确，所有此次光复各民军统领，皆归节制。

十月三十日，刘永福到八旗会馆开印任事。所有粮饷兵队，皆由刘永福调度和管辖。

刘永福就任后干的第一件事，就是发出通告，通告全文：

现准粤省军政府大都督胡，以各路民军必须设立统一机关，以资总摄，特照会刘永福任全省民团总长。

永福年七十有余矣，精力衰惫，惧不莫胜；顾念吾粤此次和平改革，光复故物。民军云集省会，而外属土匪，动假民军名目，四出劫掠，其稍存秩序者，亦勒缴械，勒捐款，怨咨载道，大局岌岌。永福本粤人一分子，亦军人一分子，恐污堕粤人军人名誉，重以大都督与统领之谆劝，不得不勉出为事，期效力于是万一而维救之。

夫吾粤东接闽，西连桂，北枕五岭。南滨大洋，风俗语言嗜好与中原异，固天然独立国也。秦之赵佗，隋之冯盎，邓文进，元之何真，皆乘变乱时代，崛起一方，安辑人民，巩卫疆围。今兵力雄厚，独立这局告成矣，所以谋善后者，何止万端！而亟为治标之策，莫如靖匪乱、筹军饷，靖匪乱则非鼓其忠义之气，不足以奏功；筹军饷则非予安乐之福，不足以集事。兹二策者，著手虽不同，收效实相倚。吾辈欲建伟业，博荣誉，必思所以餍人民希望太平之心，而后富者不惜其财，贫者不爱其力，举而措之，易如反掌。永福愿与诸健儿约，克日编列军队，订立条文，约分四路，遍定各属州县。中路出广、肇、罗、阳；东路出惠、潮、嘉；西路出高、雷、廉、钦、琼、崖，北路出南、韶、连。其已平定者，宣布德意，未平定者，解散匪祸；遇有危迫警报，另行抽调赴援，务期旬月之间，大局安堵。办理而不善，则军人莫大之羞，

193

宜引为罪，呜呼！大众既牺牲财产，以备供张，吾辈亦当牺牲身命，以图报称。今日何日？今时何时？危急存亡，千钧一发，此烈士殉名，英雄救国，千载一时之机会也！抑永福尤有不能已于言者。

永福自弱冠时，率黑旗军队赴越南。平北圻，定居保胜，嗣北圻以他族逼侵，乞援于我，爰统所部，绕宣光大岭，疾驰河内，大破敌兵，斩其统领；甲申一役，转战河内之、北宁、山西等省，迭破敌兵于丹凤、怀德、复会滇、桂、粤军，进攻宣光省城，前后大小数百战，屡以孤军当大敌，幸无大挫失。永福之所为，非以效忠越南，实以捍卫中国。迫入关后，中东事起，率师驻台湾，与强敌相持，谬承士民推载，率以饷项支绌，孑身内渡，自是感愤时局，弃职隐居，郁郁至今，已历数载。

自维生平碌碌无所长，惟推诚布公，爱国爱种，当艰难危险，历万折而不变。投身军界以后，尤复严纪律，与士卒誓死守，凡永福已往之历史，皆注力于抵御外族，不敢稍与同类相残杀。而积诚积爱，士卒用命，亦实有以左右面始终这。今统领诸健儿，其诚爱与纪律当不逊于永福；他日晚位事业，或且远在永福之上。顾所以斤斤及此者，发矢之始，不得不正其弦；筑垣之始，不得不正其基也。否则，军情不固，军律不严，小之贻生民涂炭，大之起强邻干涉之祸。永福身败名裂不足惜，其如大局何？

为此通告各路民军，互相训勉，急救危亡，吾人民亦当共谅苦衷，务安生业。地方不靖，则吾辈任之；饷需不继。则大众任之。广东省、广东人之广东，斯言闻之熟矣，垂涕而道，毋任痛逼，永福特告。[1]

1911 年 11 月

通告发出来后，各民团和军队按照刘永福的调度分别到各防区驻

---

(1) 罗香林辑校《刘永福历史草》第228—230页。

194

防和剿匪，对安定广东局势起了决定性的作用。这期间，刘永福竭尽全力筹款筹粮，四处呼吁奔走，暂时解决了民军的吃饭问题，但民军的饷银始终无法筹集。加上当时的广东革命军内，为了争权夺利相互攻讦，矛盾越来越激化，刘永福感觉自己已经无力回天，只当了一个月，便向胡汉民提出辞职，胡汉民虽然极力挽留，但他去意已决，遂于1911年12月辞去广东民团总长之职。

农历新年前回到了钦州。

这次回到钦州，刘永福便没有再出仕。

口授《刘永福历史草》

从1912年到1915年三年多时间，刘永福在三宣堂闲居养老，他最喜欢做的事，就是对周围的街坊讲他在越南打番鬼的故事。

有一天，他看见五六个小孩在三宣堂门口玩警察抓小偷，拦住他们说："来来，我给你们讲最好听的故事。"

孩子们知道他喜欢讲故事，故意说："要我们听故事，刘大人（钦州人都叫刘永福为刘大人）得给我们发糖果。"

刘永福听了，笑嘻嘻地说："每人两颗，但不能半路走人，一定要听完。"

刘永福给大家发了糖，小孩们嘴巴吃着糖高兴地说："只要有糖发，我们天天来听故事。"

刘永福开心地说："好，今天，我给你们讲个猪笼计。"

孩子们轰的一声大笑起来，都说："没听说过猪笼还有计。"

"这你们就不知了，且听我慢慢说来。话说，有个离我们钦州很远很远的国家叫法国，知道我们中国山好水好，就想先霸占靠近我们中国的国家越南，然后侵略中国，我有一支黑旗军驻守在越南，专门阻

195

止法国侵略越南。番鬼佬步兵不是黑旗军的对手，为了对付黑旗军，专门训练了一支马队，这支马队冲得快，枪法准，黑旗军吃了大亏，得想个办法打败番鬼佬。

想呵想呵，后来我想到了一条妙计，将很多猪笼埋在马队一定要经过的路上，两队开打时，黑旗军假装逃跑，拼命往埋猪笼的地方跑，番鬼佬不知是计，拼命追赶，马跑着跑着，突然倒下了一匹、两匹，前面的倒下，后面的又冲上来，结果很多马倒下，说时迟，那时快，黑旗军的火炮打响了，铁砂倾泄而下，嘴嘴咬着番鬼佬的肉，大刀队杀出了，一刀一颗番鬼佬的脑袋，结果番鬼佬的这支马队大败，以后只要听到黑旗军的名字就吓得屁滚尿流。

孩子们，这故事好不好听？"

"好听"！孩子们高兴地回答。

"好，那你们每天来，刘大人一天给你们讲一个。"

以后，刘永福每天抽时间给附近的孩子们讲故事，什么翻生计、稻草计、木叶计、无人计等等，到后来，很多大人也加进了听故事行列。

一天，他的家庭教师黄海安也来听故事，这黄海安名字叫黄文澜，号百川，字学海、铺号黄海安，是个读书人，原籍博白，跟随刘永福在越南打过仗，刘永福定居钦州后，他也在钦州定居效力，刘永福欣赏他的文采和学识，聘他为家庭教师。

黄学安执教因势利导，引经据典，刘永福儿孙辈大有进步，深得刘永福信任，又因为大家都是客家人，语言相通，习俗相近，又是同乡，和刘永福的关系不像主仆关系，更像朋友关系。

黄海安听着听着，感触很大，心里想，这么好听的故事如果记录下来，流传开去，将军的英雄事迹就会有更多的人知道。

于是，有一天，他对刘永福说："你讲的故事附近街坊越听越想听，坊间现在都在传着一句话'刘义打番鬼，越打越好睇'，如果这些故事能记录下来，让更多的人知道，非常有意义，我想每天抽点时间，你讲故事，我记录，以后整理出来，印出来，你的英雄事迹会激励很多后人。"

刘永福听了，开心地说："我从20岁投身军营，抗清抗法抗日，要说的故事太多了，一年两年都说不完，如果你有兴趣，你就记吧。"

自此后，刘永福每天在自己的书斋给黄海安讲故事，常常从下午两点一直讲到晚上吃饭才停下，有时讲到兴奋处，连饭也忘记吃了。

刘永福大多时候坐得笔直地讲，讲到高兴处，站起来指手画脚，如果实在太累，干脆躺着讲，坚持讲了一年多，黄海安记录好，再一段段读给刘永福听，让他核对校正。

1915年，故事已经写成了八大卷10万字，初稿已经形成。这本书，后来传到外界，在广州越华报发表，抗战前，中山大学历史系教授罗香林拿到原稿，如获至宝，经过认真校检，纠正了一些时间点和事件发生年份，加了标题，全书出版发行。

这本书，就是如今流传下来的《刘永福历史草》，《刘永福历史草》得到学界广泛认可，并成为研究刘永福事迹引用最多的珍贵资料。

反对二十一条

轰轰烈烈的辛亥革命，推翻了统治中国几千年的君主专制制度，建立了中国历史上第一个资产阶级共和国政府，制定了《临时约法》，使民主共和的观念开始深入人心。但是，这个胜利果实最终落到了窃国大盗袁世凯手中。

袁世凯登上总统宝座后，迫害革命党人，投靠帝国主义，妄图复辟帝制。为了实现做皇帝的美梦，袁世凯于1915年5月9日晚上11点接受了灭国亡种的二十一条中一至四款条款，并于5月25日签字生效。

消息传出后，举国愤慨，毛泽东写下了四言诗："五月七日，民国奇耻，何以报仇，在我学子。"

远在天涯钦州的刘永福听到这一消息，"一时愤慨填胸，白发怒举，面赤亮如重枣，目光如电欲射人。"

立即发电报给袁世凯，谴责袁世凯与日本签订的卖国条约，并强烈表示，如果日本人敢于在山东逞凶，他愿以79岁老朽之躯率领旧部黑旗军充当先驱，与宿敌决一死战。死而无憾。

当其时，袁世凯正是焦头烂额之际，国人愤怒的声音震天动地，以学生为主体的"五四运动"风起云涌，曹汝霖、陆宗舆、章宗祥三个卖国贼已经被逼下台，袁世凯的皇帝梦也将走到头，他哪里还有有心思搭理远在天边的刘永福的抗日主张。

临终遗嘱

刘永福的电报石沉大海，报国无门，他整天郁郁寡欢，加上一场感冒，终于染上了疾病，1917年1月9日，他感觉自己不行了，把家人召集到自己的卧榻之前，口授遗嘱：

予起迹田间，出治军旅，一生惟以忠君爱国为本。无论事越事清，皆本此赤心，以图报称，故临阵不畏死，居官不要钱，虽幸战绩颇著，上邀国恩，中越均授以提督之职，居武臣极地，亦可谓荣矣。然予心惕惕，终不以官爵为荣，只知捍卫社稷，不使外洋欺我中国为责任。此身虽老，热血常存。现今国事日危，外强虎视，若中政府不早定大计，任选贤将，练兵筹饷，振起纲维，各省督军不知和衷共济，竭力为国，以救危亡，因循坐误，内乱交作，蛮夷野性，必乘机入寇，割据瓜分，亡国奴隶，知所不免。吾今已矣，行将就木，恨不能起而再统师干，削平丑类，以强祖国。儿曹均已成立，各宜发奋为雄，抱定强种主义，投军报效，以竟予未了之志。倘为国用，自宜竭力驰驱，不惜以铁血铸山河，强大种族，以期臻于五大洲最强美之国。若不能见用于是，亦宜将于之遗嘱，遍告当轴名公，求其人告大总统，务以尊贤任能为急务。远小人，贱货色，严边防，慎取舍，旁求山林逸才，延揽智谋健将；惜民力以裕财源，养民气以威夷狄；集群策群力，以鞭答天下，则天下之尚力者，自然入我范围而不敢抗。如是，则国基巩固，国势富强，吾虽死，九泉之下，亦将额首而颂太和。

这个中华民族的优秀儿子，长眠于三宣堂。

他的启蒙老师和好友王者佐挽联：感恩知己两兼之，忆故园学艺，孤岛从游，海外赋同袍，卉服九夷皆慑魄；荡寇复仇今已矣，慨聚米才能，射潮身手，天南悲大树，越裳万族共招魂。

45年后，国歌歌词作者、一代戏剧家田汉在参观三宣堂时，被刘永福的爱国情怀感动，欣然命笔，写下了："古越崇雄有故枝，渊翁风骨自雄奇。守台岂敢辞金印，抗法争先举黑旗。垂老不忘天下事，岁荒常恤里人饥。至今龙眼飘香处，犹似将军系马时。"

华彩诗句，高度概括了刘永福伟大的一生。

参考文献

1.《钦州文史》4，1997年8月出版。

2.《钦州文史》10，2003年11月出版。

3.《中法战争史》，天津古籍出版社，作者廖宗麟。

4.《民族英雄刘永福》作者廖宗麟，广西人民出版社，1997年8月出版。

5.《中法战争史热点问题聚焦》广西人民出版社版，1992年11月出版，作者黄振南。

6.《刘永福冯子材爱国精神教育研究》广西人民出版社出版，2011年8月出版。

7.罗香林辑校黄海安著《刘永福历史草》。

刘永福年谱

清道光十七年（1837）。九月十一日，刘永福出生于广东钦州防城司古森峒小峰乡（现为广西防城港市防城区扶隆乡小峰村）一个贫苦农民家庭。父亲刘以来、叔父刘以定从博白迁到防城，初居十万山腹地古森峒小丰村。原名建业，号渊亭，排行第二，俗名刘二，被人尊为刘义。"永福"是他转战越南时改用。

清道光二十一年（1841），4岁。叔父刘以定结婚成家，兄弟分家，刘以来携妻儿迁北鸡村（今防城扶隆乡北基村）谋生。

清道光二十二年（1842），5岁。自制钓鱼竿，在离家不远的小河里钓鱼，为自家的饭桌增添一些"美味"。

清道光二十五年（1845），8岁。因家庭破产，永福随父母从小峰乡迁居广西上思州新圩八甲村（现上思县平福），以种地为活。

清道光三十年（1850），13岁。开始在船上当水手。做工之余，他仔细观察，非常熟悉何处水深，何处水浅，哪里行船安全，哪里行船危险。

清咸丰二年（1852），15岁。成了一名熟练的水手，被船主雇为"滩师"（引航师傅）。同时，他还拜一些武术高手为师，学得了一身好武艺。刘以来即督其习拳棒技击。以来认为，因为世乱，盗贼横行，豪杰四起，练好武艺，即使不能执兵趋走，亦宜于强健筋骨以自卫。由是刘二苦练不倦，技渐超群而绝伦。

清咸丰四年（1854），17岁。由于贫病交加，父母亲和叔父在几个月内相继病故。据说，刘永福有一天上山砍柴，累了就躺在山间的石板上午睡。睡梦中，忽然走来一位长髯老人对他说，黑虎将军，应该早日出山。

清咸丰七年（1857），20岁。刘永福投入天地会首领吴凌云的部属郑三手下任先锋。他率部打垮巫必灵为首的地主武装，队伍迅速扩大。后来，清朝政府大举清剿农民起义军，天地会首领吴凌云壮烈牺牲。

咸丰十年（1860），23岁。先后改投农民军头目吴三、王士林部。

同治四年（1865），28岁。改投农民军头目黄思宏部。

同治五年（1866），29岁。春，改投吴凌云之子吴阿忠部，吴阿忠在父亲战死后，率余部在广西归顺（今靖西）聚众反清。刘永福在归顺安德北帝庙建立黑旗军，打出黑旗。

同治六年（1867），30岁。秋，清政府派广西提督冯子材调集兵力重点进剿桂西南农民军，拉网扫荡，农民军伤亡惨重，军需银饷难以为继，加上农民军首领在艰难时期意见不一，只得分道扬镳，各自率领所部转移到越南。刘永福进入越南苏街。

同治七年（1868），31岁。派出手下农秀业进驻六安州，扩大地盘。同时归顺越南政府，被承认为宣光团勇头目。这年夏天，击溃白苗匪首盘文义，被越南政府升为百户衔。

同治八年（1869），32岁。与何均昌多次交攻，打败何均昌，开辟重要根据地保胜。

同治九年（1870），33岁。向越南政府表示愿意配合攻打黄崇英，同时派出农秀业会合冯子材围剿黄崇英。

同治十二年（1873），36岁。11月20日，法国当局派安邺带兵180

名和两艘炮舰突然轰击河内。刘永福见义勇为，挺身抗暴，亲自率军2000名黑旗军，翻越宣光大岭，日夜兼程，南下抗法。12月21日黑旗军在河内郊外罗池与法军开战，击毙了法国主将安邺，取得了"诱斩安邺，覆其全军"的罗池大捷。法军被迫退出河内。这是刘永福捍卫国疆、支援友邦抗法的首次战功。越王擢升刘永福为副领兵官，权充兴化、保胜防御使。

同治十三年（1874），37岁。在兴化等地助剿黄崇英有功，获授正领兵官。越南王正式允许黑旗军在保胜设关收税，以补军用。同年10月，越南政府进剿黄崇英，命刘永福权充三宣副提督，督率四路大军。

光绪元年（1875），38岁。12月，因助攻黄崇英有功，经云贵总督岑毓英保奏，清政府赏给四品顶戴。

光绪五年（1879），42岁。因助攻李扬才有功，被越南政府擢升三宣副提督。

光绪八年（1882），45岁。2月从越南回国探亲，寻求清政府支持抗法，在平福新圩与左江道代表宣化县典使王敬邦会晤，正式提出寻求清军支持抗法。8月吏部候补主事唐景崧请缨千里赴越当说客，劝说刘永福扛起抗法大旗。

光绪九年（1883），46岁。农历三月初八，唐景崧进驻黑旗军，成了刘永福的军师，为其出谋划策，这是黑旗军成为正规军的开始，唐景崧给他带来了可以恢复他和他的部队大清国国籍的确定回答——"天朝宽大为怀，凡我华夏子孙，但能御外侮，卫国疆者，皆是大清的好子民。"

光绪十年（1884），47岁。中法战争爆发。8月，清政府正式对法宣战，收编了黑旗军，改为12营，授予刘永福记名提督。并赏黑旗军军费5万两，军帑5000两，对大小将弁给予奖励。刘永福满怀"为越南平寇，为祖国屏边"的宏愿。早在5月6日刘永福率领黑旗军3000人挺进河内，发挥近战、夜战的优势，诱敌深入，使法兵腹背受敌，陷入重围。5月19日在纸桥打死李维业及以下军官30多名，打死法兵200多名，夺得军械弹药无数。这就是举世闻名的纸桥大捷。越南王为了表彰刘永福纸桥大捷的军功，晋升他为三宣提督，加赐一等义勇男的爵号。

光绪十一年（1885），48岁。2月，黑旗军在左育与法军援师交战，刘永福利用地形火烧法军，取得了左育胜利，法军第二次增援时，黑旗军给予法军重大伤亡后自己也败溃，得力部将黄守忠率部3000人投奔滇军。

5月，清政府为了逼刘永福率部回国，一个月内连下多次上谕，采取胁迫利诱、恩威兼施的手法，赐予刘永福"依博德恩巴图鲁"和"三代一品封典"的荣誉。8月，刘永福被迫率领黑旗军3000人从越南保胜起程入云南省文山县南溪；10月，刘永福率3000黑旗军入关回国，清政府下令将黑旗军裁减大半，只留1200人。

光绪十二年（1886），49岁。两广总督张之洞上奏，建议任命刘永福海疆一镇之职，4月，清政府任刘永福为南澳镇总兵。此后，黑旗兵又被多次裁撤，最后只剩300余人。

同年，刘永福利用回乡省亲扫墓之机，在故地那良大坡村（中越边境）选地择吉日兴建住宅，经过一年多的施工，住宅于光绪十四年（1888）冬竣工落成。房屋占地面积约659.75平方米，建筑面积602.86平方米。坐东北向西南。房屋宽32.5米，进深20.3米，两层砖瓦结构。共12间，分上下座，上下座中央为厅，厅中央横梁左右刻有正楷："全家吉庆""金玉满堂"8个大字。上下座之间中央为天井，天井两则楼附房。

光绪十三年（1887），50岁。5月，兼署碣石镇总兵。8月任职。

光绪十四年（1888），51岁。11月，刘永福返钦州，购得板桂街莫姓旧宅，筹建晚年住宅"三宣堂"，1891年，三宣堂建成，三宣堂占地面积22776平方米，主体建筑面积5622.5平方米，有大小厅房119间，用料考究，造型端庄而朴实，规模宏大，布局独特。

光绪二十年（1894），57岁。7月，中日甲午战争爆发。清政府命刘永福赴台帮办台湾防务。8月，刘永福率黑旗军至台北，后又奉命驻守台南，并先后在潮汕、台湾等地招募新兵，将黑旗军扩充至8营，决心为保卫台湾血战到底。

光绪二十一年（1895），58岁。4月，清政府战败求和，与日本签订了《马关条约》，把台湾、澎湖列岛割让给日本。为了迫使台湾人民投降，日本派北白川能久亲王率领日军主力近卫师团，于5月27日从冲绳出发，分兵两路进攻台湾。其中一路日军从貂角强行登陆，攻占基隆。接着，又进犯台北。6月7日台北被日军攻陷。这时刘永福在台南发出联合抗日的号召，表示为保卫国土"万死不辞"，"纵使片土之剩，一线之延，亦应仓促，不命倭得"。仍以帮办之职，统率防军与台湾义军抗敌保台。8月中旬，战争转入台中。为了保卫彰化，黑旗军和台湾义军在大甲溪一带同日军展开激战，取得全胜，缴获日军枪械甚多。后来，日军不甘失败收买奸细带路，偷袭黑旗军后路，大甲溪遂为日军占据。大甲溪失守后，日军步步进逼，攻占台中等地。刘永福被迫率军退守彰化。8月28日，日军以强大兵力进攻彰化城北的八卦山，黑旗军和义军与日军展开肉搏战，击毙日本号称最精锐的近卫师团1000余人，打死少将山根信成。在这场悲壮的血战中，义军首领吴汤兴中炮牺牲，刘永福部将吴彭年英勇战死。刘永福黑旗军的精锐七星队300余人也壮烈殉难，彰化失守。而后，云林、苗栗亦相继沦陷，接着嘉义告急，刘永福命令黑旗军统领王德标迅速率领所部七星队北上增援，又派部将杨泗洪率黑旗军各营及各地义军密切配合，并亲赴嘉义前线坐镇指挥。由于黑旗军与义军的英勇善战，在刘永福的指挥下，各路义军协力作战，此役获大胜，杀敌近千人，并相继克复云林、苗栗，

虎将
刘永福
HU JIANG
LIU YONG FU

反攻彰化。但黑旗军和义军在连续苦战之后，断饷缺械，刘永福派人回大陆求援，清政府不但不予救济，反而将内地募捐援台款项强烈扣留，并下令严密封锁沿海，断绝对台增援。刘永福痛心疾首，发出"内地诸公误我，我误台民"的悲叹！

光绪二十一年（1895），58岁。9月11日，日本又派第二师团增援台湾。嘉义一战，日酋近卫师团长北白川能久中将重伤毙命。10月15日，日军进攻台南东南的打狗港。刘永福的养子刘成良率军多次打退日军的进攻，后来守卫炮台的兵士饥饿不能战，刘成良率部退守台南。这时，据守曾文溪的黑旗军和义军将士，与进攻的日军展开白刃格斗壮举，孤军不敌，台南最后一道防线失守。

10月18日，刘永福召集部将会议，商讨战守之计，未得结果。次日，日军大举进攻安平炮台，刘永福亲手点燃大炮，轰击敌舰。当晚，日军攻城益急，城内弹尽粮绝，在艰苦的恶战中，士兵筋疲力尽，至不能举枪挥刀。当时城内大乱，刘永福欲冲回城内，部属极力劝阻。刘永福见大势已去，仰天捶胸，呼号哭说："我何以报朝廷，何以对台民！"当天深夜，刘永福带领养子刘成良等10多人乘坐小艇，然后搭上英国商船"的士厘"号内渡厦门。21日台南陷落，台湾全境被日军占据。

光绪二十三年（1897），60岁。刘永福对腐败无能的清廷投降卖国行径心怀不满，回家闲居，11月，山东爆发"巨野教案"，适逢粤督谭钟麟电催回粤，以为是为抗击德国之事，立即起程回粤，谭却要任刘永福为军械局职，委辞不干。

光绪二十五年（1899），62岁。回南宁招募营勇，重建黑旗军4营。回粤后几次奉令出兵镇压农民械斗，由于细心调研，得出"并无作乱之事"，通过调解，使百姓免遭祸殃，深得众人称颂。冬，义和团革命斗争席卷北京。刘永福奉调入京镇守而迟迟不行，后经多次催促方始起程。但队伍抵衡州时，又奉电调回广东。刘永福率军转回韶关后静观形势，直至事态平息始返广州。广东巡抚德寿又命令永福前往办理善后，刘永福以不熟悉情况而拒绝接受任务。

光绪二十八年（1902），65岁。粤督陶横调刘永福署琼州镇，永福以情况不熟，地僻山荒难以适应，请改调碣石镇，获准。

光绪二十九年（1903），66岁。刘永福手下仅剩两营，已无足轻重，于是禀请销差。经两广总督岑春煊批准，遣散为农，自己变成空名镇守。刘永福请求两广总督开缺。

光绪三十年（1904），67岁。因多次请求开缺未果，刘永福干脆以风湿病发作为由辞职回广州沙河刘家祠休养治病。

光绪三十三年（1907），70岁。2月13日，清政府下旨解除刘永福碣石总兵一职。钦州三那（那思、那丽、那彭）群众在刘思裕的领导下，举行声势浩大的抗捐运动，刘永福对此予以同情和支持。

光绪三十四年（1908），71岁。孙中山派遣黄兴、王和顺领导钦州三那（那思、那彭、那丽）农民抗捐斗争失利，刘永福把王和顺藏于堂内，清军统领郭仁璋带领清军前来搜捕，刘永福亲自出面坐在堂中，怒斥郭仁璋为"小人"，不许轻举妄动。郭仁璋无可奈何，只好领兵退走，王和顺免于遭难。当晚深夜，令兵丁带上2000光洋，护送王和顺经十万大山转往越南河内，并秘信通知其妻黄美兰在云南河口的内弟黄茂兰送两挑光洋至河内支援孙中山先生革命，积极筹划河口起义。孙中山任命黄明堂为总指挥，王和顺、关仁甫为副总指挥，指挥部就设在黄茂兰家。黄茂兰是刘永福内弟、黑旗军部下，清政府缩编黑旗军时回云南河口老家任清军管带，革命党人通过刘永福的关系取得了他的信任，同意在他家设立起义总指挥部。刘永福对河口起义做出了应有的努力。

宣统元年（1909），72岁。清明回上思州扫墓，因介入其爱将吴凤典后人杀人案，其5名亲兵被时任上思州同知蔡其铭所杀，到广州怒

207

告蔡其铭。

宣统三年（1911），74岁。7月，在王和顺等介绍下参加了孙中山领导的同盟会。10月10日，辛亥革命在武昌爆发，刘永福不顾年迈体弱，与留粤的革命党人联络活动，积极响应革命。10月30日赴港。11月9日广东宣告独立。11月14日返粤，应广东都督胡汉民之请，出任广东省民团总长。永福就任后，尽自己最大的努力，整理营伍，发布通告，分兵巡守，维护社会秩序，为巩固新生的革命政权做出了重大贡献。全省革命秩序大体安定后，刘永福即辞去民团总长职务，告老返乡，住在钦州三宣堂。

民国四年（1915），78岁。窃国大盗袁世凯为了巩固自己大总统的地位，与日本签订了丧权辱国的"二十一条"，不惜牺牲国家民族的利益，来换取日本侵略者的支持，企图复辟帝制，刘永福闻讯后，义愤填膺，即拍电上京，请缨抗日，坚决反对"二十一条"。

民国六年（1917），80岁。1月9日，在三宣堂病逝。当时接任大总统的黎元洪发出唁电说："宿将溘逝，骇悼殊深。"国务会议恤典给治丧费2000元，生平事迹付国史馆立传，墓葬于钦州城东老虎头山上（今钦州市沙埠乡沙寮村外）。

后　记

2016年5月，我创作的纪实文学《国柱冯子材》在《中国报告文学》第五期全文公开发表后，受到读者的喜爱，湖北日报社旗下杂志《特别关注》还进行了转载。有多位文友建议我趁热打铁，再次创作本地的另一个民族英雄刘永福的故事。

由于2016年我连续出版长篇小说《大地无言》、中篇小说集《叶落地平线》，加上《国柱冯子材》，身体透支。本来打算歇一段时间，但经不起文友提议的诱惑，我开始多方搜集材料，撰写创作提纲，并向市委宣传部申请项目扶持。

2016年11月，宣传部下发文件，把《虎将刘永福》列入2017年市本级扶持项目。

在此之前，我已经开始收集资料、采访了多位刘永福后人和研究人员，并开始进入创作，经过六个多月的连续创作，初稿约10万字，春节期间，对初稿进行了第一次修改并基本定下基调。

现在展现在读者面前的已经是第四稿，和原稿有较大的出入。在写作时，为了保持连贯性，符合读者的阅读习惯，我尽量把刘永福一生的主要经历客观地呈现出来，但也有意识地摒弃了两段经历，即刘永福追随冯子材围剿黄崇英与李扬才的经历。在黄海安撰写的《刘永福历史草》中，有大量的篇幅着墨这两部分，从笔者的角度来说，内心感觉很悸动，同是农民起义军，最后相互撕杀，不管历史的定位如何，笔者都不忍再次撕开这道口子，因此便没详写。

在写作过程中，参考了《钦州文史》4、《钦州文史》10、廖宗麟的《中法战争史》《民族英雄刘永福》、黄振南的《中法战争史热点问题聚焦》、林加全的《刘永福冯子材爱国精神教育研究》和黄海安著、罗香林辑校《刘永福历史草》，一并表示崇高敬意和热忱的谢意。

作　者